Né en 1960, Philippe Durant est historien du cinéma. Il est notamment l'auteur de biographies consacrées à Jean-Paul Belmondo, Lino Ventura, Michel Audiard…

DU MÊME AUTEUR

Lino Ventura
Favre, 1987

Simone Signoret, une vie
Favre, 1988

Les Ailes du cinéma
Dreamland, 2001

La Boxe au cinéma
Carnot, 2005

Michel Audiard ou comment réussir
quand on est un canard sauvage
Le Cherche-Midi, 2005

Bernard Blier, itinéraire
Favre, 2009

Johnny cinéma
Favre, 2010

C'est trav' Doc?
(avec Émile Ferrero)
Bazaar & co, 2010

Haute protection
La protection des hautes personnalités, de De Gaulle à Sarkozy
Nouveau Monde Éditions, 2010

Belmondo
nouvelle édition
Robert Laffont, 2011

Philippe Durant

LA BANDE À GABIN

Blier, Audiard et les autres...

Sonatine éditions

TEXTE INTÉGRAL

ISBN 978-2-7578-2198-5
(ISBN 978-2-35584-007-4, 1re publication)

© Sonatine, 2009

Le Code de la propriété intellectuelle interdit les copies ou reproductions destinées à une utilisation collective. Toute représentation ou reproduction intégrale ou partielle faite par quelque procédé que ce soit, sans le consentement de l'auteur ou de ses ayants cause, est illicite et constitue une contrefaçon sanctionnée par les articles L. 335-2 et suivants du Code de la propriété intellectuelle.

C'était un drôle de colis, Albert, crois-moi.
Comme copain d'enfance c'était pas le Grand
Meaulnes, fallait se le faire. Il n'a jamais
arrêté de m'emmerder. Il a pris son élan à la
communale. Comme il avait honte de ses
galoches, il fallait que je lui prête mes pompes,
il pétait une chaîne de vélo, fallait que je lui
répare et puis après c'était l'algèbre. « C'est
du cri[1]*, j'y comprends rien », qu'il disait ;*
alors j'étais obligé de me farcir ses problèmes.
Parce qu'il a toujours eu des problèmes, ce
cave, t'entends ? Mais toujours, toujours. Et
de pire en pire. Mais qu'est-ce que tu veux ?
c'était mon pote...

Jean Gabin dans *Le Pacha*
(texte de Michel Audiard)

---

1. Expression argotique signifiant : « C'est un scandale ».

J'ai horreur qu'on soit mêlé de près ou de loin, à mes affaires privées. Cette attitude, je le sais bien, me vaut une solide réputation de râleur et de mauvais coucheur. Je ne la conteste pas. Elle est parfaitement fondée. À ce détail près, cependant, que je ne suis râleur et mauvais coucheur qu'à bon escient, c'est-à-dire précisément lorsqu'on s'immisce dans des questions qui ne regardent que moi... J'aime par-dessus tout la tranquillité. Mes goûts sont simples : la pêche, la chasse ; la lecture aussi, mais seulement quand j'ai la tête bien reposée et pas de préoccupations qui puissent m'accaparer l'esprit. Bien manger est également un plaisir que je ne dédaigne pas, loin de là, surtout lorsque le menu comporte des plats en sauce, arrosés d'un petit beaujolais léger ! Ah, je suis aussi têtu comme une mule, obstiné comme une caboche de Breton. Cela tient de famille. Nous avons tous ça dans le sang, de père en fils.

Jean Gabin (*Le Film vécu* du 9 mars 1950)

Introduction

Il est d'usage de considérer que le grand retour au cinéma de Jean Gabin date de 1954, avec la sortie triomphale de *Touchez pas au grisbi*. De fait, avec ses 4,5 millions d'entrées en France, cette œuvre vampirisa le box-office, seulement battue par une superproduction prestigieuse *(Si Versailles m'était conté)*, un supermélodrame américain *(Tant qu'il y aura des hommes)* et une comédie à la française *(Papa, maman, la bonne et moi)*. Cette année-là, Gérard Philipe, Eddie Constantine, Fernandel et l'ensemble des stars américaines durent céder le passage à monsieur Gabin.

Fut-ce pour autant son come-back royal ? Pas tout à fait. En réalité, celui-ci avait démarré quelques années plus tôt.

Au lendemain de la guerre, la vedette des années trente peina à retrouver des rôles à sa mesure. Plus vraiment jeune premier, à peine homme mûr, Gabin nageait entre deux eaux et la traversée s'annonçait fastidieuse. En 1946, *Martin Roumagnac*, qui l'unissait pourtant à Marlène Dietrich, se solda par un cuisant échec. *Idem* pour *Miroir*, l'année suivante. Sa carrière

11

battait de l'aile et menaçait même de se faire flinguer en plein vol en cas de nouveau couac.

Afin d'éviter les coups directs, Jean tenta sa chance du côté de l'Italie, mais les deux films qu'il y tourna, *Au-delà des grilles* et *Pour l'amour du ciel*, passèrent inaperçus dans l'Hexagone. Peut-être cela valait-il mieux.

Puis vinrent les années cinquante. Si Gabin s'était retourné sur son passé, ce qu'il n'aimait pas faire, il aurait constaté que ses précédents succès remontaient à plus d'une décennie : *Le Quai des Brumes* (1938), *La Bête humaine* (1938), *Le jour se lève* (1939). De quoi se faire des cheveux blancs, qu'il avait déjà. La cinquantaine le guettait et rien ne lui indiquait qu'il allait bientôt retrouver les faveurs du public.

« Je suis parti, j'avais 37 ans, finit-il par admettre. J'étais en plein boum. Je suis revenu, j'avais les cheveux tout blancs. Ça changeait de personnage… »

Fin stratège, il sut rebondir. Avec ses 2,7 millions de spectateurs, *La Marie du port* (1949) fut son premier succès d'après-guerre. Jean avait renversé la vapeur. Il retrouva le sourire. Succès modeste, certes, mais indéniable. Confirmé peu après par *La nuit est mon royaume* (1951) et 2,5 millions d'entrées, chiffre assez proche de ceux de la célèbre *Auberge rouge* sortie la même année.

La décennie naissante s'annonçait sous de bons auspices. L'ancien mauvais garçon du cinéma français remontait la pente du box-office. Il n'était plus une star, à peine une vedette, mais les recettes engendrées par ces deux films prouvèrent qu'il n'était ni oublié ni rejeté par le public.

Cela ne l'empêcha pas d'essuyer dans le même temps quelques déconvenues, mais pour des films relativement mineurs. *La Vérité sur Bébé Donge* (1951) sembla marquer une sorte de déclin (1,2 million d'entrées), contrecarré huit mois plus tard par *La Minute de vérité*, qui remit les pendules à l'heure et redora le blason de Gabin : 3,1 millions de spectateurs en France !

Ces succès précédèrent *Touchez pas au grisbi*. Ils lui ouvrirent en quelque sorte la route du triomphe, remettant le comédien au faîte de l'actualité et consolidant sa réputation d'acteur. Il n'en demeure pas moins que le film de Jacques Becker marqua durablement les esprits et orienta Jean vers un nouveau type de rôles.

*

N'oublions pas que Gabin faillit ne jamais jouer le *Grisbi*. Le rôle de Max fut d'abord offert à Daniel Gélin, qui le refusa et suggéra en lieu et place Jean Gabin, avec qui il venait de tourner *La Minute de vérité*. Le producteur lui préféra François Périer, qui hésita. Becker en profita pour suivre l'avis de Gélin et contacta le héros de *Pépé le Moko* et du *Jour se lève*. Le reste appartient à l'histoire…

Si ce film a marqué la carrière du comédien, c'est aussi parce qu'il lui ouvrit les portes d'un succès durable, presque continu. Bien que d'autres acteurs comme Bourvil, Fernandel et, plus tard, Louis de

Funès aient engendré des recettes supérieures à celles de Gabin, ce dernier sembla régner en maître sur le box-office pendant plus de vingt ans. Et puis, il ne courait pas dans la même catégorie, privilégiant les drames et les films durs aux comédies. Dans ces deux domaines, il était quasiment imbattable. De 1954 à 1976, il tourna quarante-sept films et ne connut une éclipse qu'entre 1974 et 1976. Total de cette deuxième partie de sa carrière : 128 millions d'entrées rien qu'en France ! Dans le lot, un record historique : *Les Misérables*, avec près de 10 millions de spectateurs à lui seul. Parmi les autres triomphes : *La Traversée de Paris*, *Le Clan des Siciliens*, *Le Tonnerre de Dieu*, etc. Jean dut attendre 1966 pour connaître un nouvel échec : *Le Jardinier d'Argenteuil* (seulement 870 000 entrées).

Par ses scores aussi remarquables que réguliers (souvent accompagnés d'excellentes ventes à l'étranger), par sa stature (adulé de ses pairs), Jean Gabin devint, sans le vouloir, le numéro un du cinéma français. Monument incontournable. Référence absolue. Tout semblait arriver à lui ou tourner autour de lui. Il a marqué son temps de son empreinte au point qu'il est devenu impossible d'évoquer le cinéma français des années cinquante à soixante-dix sans parler d'abord de lui. Un phare. Un pic. Une épée.

Or, ces deux décennies furent celles de nombreux changements. Pas seulement dans le ton affiché par les films (apparition de la Nouvelle Vague), mais aussi dans la façon de les concevoir. Gabin transporta dans ses bagages un style qui lui venait de l'avant-guerre et qui se perdit avec lui : l'amitié et la poignée de main. Les gens du cinéma étaient alors, pour la plupart, des artisans, presque des compagnons. Ils se connaissaient tous, s'appréciaient plus ou moins et observaient le travail des uns et des autres sans jalousie ni acrimonie. Oui, des compagnons. De joyeux compagnons.

Difficile à imaginer dans un XXIᵉ siècle qui prône l'individualisme et l'éradication des maillons faibles.

Le cinéma de Gabin fait partie d'un passé très proche par le temps mais très lointain par l'esprit. Une manière de faire qui manque. De Depardieu à Dujardin, pas un qui ne déplore l'actuelle froideur et la rigidité des relations dans le bourbier cinématographique. Ambiance d'avocats et d'hommes d'affaires qui se ressent, trop souvent, jusque sur l'écran. Drôle d'époque.

Comme le déclare Richard Briand-Charmery (joué par Gabin lui-même) dans *Le Gentleman d'Epsom* (texte de Michel Audiard) : « Quand je dis "drôle d'époque" je minimise. En réalité, nous assistons au triomphe de la subversion, au renversement des valeurs. Mais dites-vous bien, messieurs, que la subversion ne date pas d'hier : je l'ai vue naître. En 1927, lorsqu'on a monté les hussards sur des motocyclettes, j'ai préféré ne pas participer à cette mascarade, car voir Saumur se transformer en garage et le cadre noir en bleu de mécanicien, c'est plus qu'un honnête homme n'en pouvait supporter. C'est pourquoi j'ai rendu ma cravache, mon képi et mes éperons. L'odeur du crottin, soit, mais l'odeur du cambouis, non ! »

*

Quant à la « bande à Gabin », elle n'a jamais vraiment existé en tant que telle. Il n'y eut aucun groupe compact d'amis se réunissant à intervalles réguliers et faisant front commun devant l'adversité. Henri Verneuil se plaignait d'ailleurs d'avoir les pires difficultés à réunir plus de deux ou trois membres de l'alliance, hormis quand il s'agissait de préparer un film. Non, cette « bande » n'était en fait qu'un groupe d'hommes hétéroclite se retrouvant par petites entités au gré des circonstances privées ou professionnelles. Un groupe partageant bien des goûts, des envies, des émotions, des sagesses. Il s'apparentait autant à une association de malfaisants qu'à une guilde du bon-vivre ou à une troupe de joyeux drilles.

Néanmoins, certains observateurs parlèrent de « bande ». Tel Jean Desailly qui, entre autres, joua le fils de Gabin : « Il vivait dans un monde à lui, avec ses copains, avec Michel Audiard, avec tous ses réalisateurs, avec Grangier… tout ça, c'était vraiment la "bande à Gabin" ! »

Peu importe le nom qu'on lui accole, reste dans cette nébuleuse un point essentiel, central, inamovible : Jean Gabin. C'est lui qui se trouvait, solide comme un chêne, au centre du groupe, lui autour duquel virevoltaient les électrons plus ou moins libres : Ventura, Audiard, Frankeur, Verneuil,

16

Grangier, Belmondo, Delon, Pousse, Blier et d'autres… Il fut non seulement l'un des rouages essentiels du cinéma français d'après-guerre, mais il a également permis à nombre de personnalités, si ce n'est de naître, au moins de s'épanouir. Sans Gabin, point de Ventura et peu d'Audiard.

« Je pourrais vous citer un grand nombre de scénaristes et de dialoguistes qui doivent une partie de leur carrière à Gabin, et j'ai été payé pour le savoir », déclarait Michel.

Quant aux autres, ils n'auraient sans doute pas été tout à fait les mêmes.

PREMIÈRE PARTIE
Fidèles aux potes

La grande famille

Il naviguait en père peinard
Sur la grand-mare des canards
Et s'app'lait les Copains d'abord
les Copains d'abord

Dès sa naissance, la « bande » fit sienne les paroles
de Georges Brassens. Qui, par incidence, était un
proche ami de Lino Ventura. Le Sétois et l'Italien se
voyaient fréquemment et l'acteur n'avait guère qu'un
reproche à faire au chanteur : « Georges, c'est différent ; il me dit : "Viens dîner à la maison." Je lui
réponds : "Oui, d'accord." Or, bien des fois, c'est
arrivé, et je vous assure que c'est la vérité, je suis
parti avec la voiture, j'ai tout mis dedans : les casse-
roles, les produits... Tout ! Parce que, "Viens dîner à
la maison", c'est une boîte de pâté, une boîte de sar-
dines, un saucisson... Ça va un moment ! »

Échaudé, Lino préparait la sauce des pâtes chez
lui et l'amenait dans un faitout ou une soupière. À

la fin du repas, il ne restait rien. Tout était vidé, épongé, saucé…

C'étaient des amis. Des personnes reliées par des liens d'une subtilité et d'une solidité impalpables. Des hommes unis les uns aux autres.

*

« Mes amis sont ma plus grande richesse, affirmait Ventura, non sans émotion. Je ne pourrais pas m'en passer. C'est vital pour moi, comme l'oxygène. Je n'ose pas envisager ce qui se passerait si demain je ne les avais plus. »

L'amitié n'était pas un vain mot pour cette bande d'artistes de tout poil. Ils s'en faisaient même une haute opinion, proche de la sacralisation : avoir un ami, être un ami, c'est autant une responsabilité qu'un plaisir. Ça se mérite et ça ne se galvaude pas. On ne s'improvise pas amis à la fin d'un repas bien arrosé. Il faut franchir des épreuves, laisser agir la patine du temps. Patte blanche et bras ouverts. Dans un métier où tout le monde s'embrasse et se tutoie, les faux amis sont légion. Eux, parce que vieux loups de mer, les débusquaient avant de les envoyer paître. Seuls les vrais comptaient. Les reliquats tapissaient les brumes d'un lointain décor.

Alain Delon aime à répéter cette définition de l'amitié empruntée à Clemenceau : « Un ami, c'est l'homme auquel on peut téléphoner à trois heures du matin pour lui annoncer : "Je viens de tuer quelqu'un" et qui vous répond immédiatement : "Où est le corps ?" Ça, c'est un ami ! Un ami, ça ne demande pas "pourquoi ?" ni "comment ?", ça dit : "J'arrive !"... »

Difficile de définir l'amitié. Beaucoup d'auteurs, et des plus grands, s'y sont cassé les dents. Ventura se réfugiait derrière l'un d'eux pour tenter l'impossible : exprimer des sentiments profonds.

« On demandait à Montaigne pourquoi il était très ami avec La Boétie, soulignait-il. Il a répondu simplement : "Parce que c'était lui et parce que c'était moi." Je crois que c'est la plus belle réponse que l'on puisse faire sur l'amitié. »

Pressé par ailleurs d'en dire un peu plus, obligé de s'éloigner des *Essais* de Montaigne, le Lino ajoutait :

« L'amitié est quelque chose de très important. Pour moi, tout au moins. Elle est indispensable à ma vie. Elle ne s'explique pas. Elle se prouve, plutôt, par des gestes, des regards, une présence... C'est quelque chose qui est nécessaire dans ma vie et je crois que je suis très riche en ce domaine. J'ai des amis. Je m'en flatte et j'en suis très heureux. Je crois que je serais très malheureux si, demain, j'avais la sensation de ne plus avoir d'amis. »

Lino était un ami hors pair. Presque hors d'âge. Chez lui cela tenait plus du serment des chevaliers de la Table ronde que des accolades de fin de kermesse. Claude Sautet, qui le connaissait bien, précisa à son endroit : « Il a un comportement d'ami. C'est très rare parce que la plupart des comportements sont intéressés dans notre métier. Lui est un personnage loyal et un idéaliste. »

L'amitié s'est retrouvée au cœur de bien des films avec Gabin, Ventura, Delon, Belmondo et les autres : *L'aventure c'est l'aventure*, *Borsalino*, *Les Grandes Gueules*, *Les Aventuriers*, *Les Tontons flingueurs*, *Touchez pas au grisbi...* Les titres ne manquent pas, les témoignages d'amitié sincère non plus.

*

Des amis, les gars de la « bande » en avaient. Pas beaucoup. Pas forcément dans le cinéma. Chacun, selon la description qu'en donna Gérard Oury, comptait autour de lui des cercles concentriques. Dans le premier se trouvaient les intimes, les indispensables, les purs, les durs de durs, les infaillibles. Le deuxième cercle regroupait les amis que l'on aime à retrouver mais avec lesquels le contact n'est ni permanent ni intense. Puis, sur les cercles suivants, baguenaudaient les copains, les potes, les relations de travail...

Tout cela formait un groupe hétéroclite de gens avec qui ils affectionnaient de se retrouver. Une grande famille avec ses cousins éloignés, ses éléments turbulents et ses papas gâteaux. Ses membres se réunissaient au gré de leurs fluctuantes envies et, quand ils le pouvaient, se serraient les coudes, les plus influents agissant en faveur des autres, qui répondaient en formant un cercle qui tenait à la fois de la barrière défensive et du cocon. Ainsi, Jean Gabin étendit jusque dans son métier le culte de l'amitié. Composée d'acteurs et de techniciens, sa troupe, qui ne lui appartenait pas, le suivait dans chacun de ses films. Au point que certains parlèrent de népotisme, là où lui préférait parler de bonne entente. Quitte à travailler avec quelqu'un de talent, autant que ce soit une tête connue et appréciée… par lui !

« Je suis un gars à habitudes, expliquait-il, et j'aime bien retravailler avec les gens avec qui j'ai déjà travaillé. Ils me connaissent, ils connaissent mon "mauvais caractère", comme on dit… »

Bénéficiant de ce principe frappé au sceau de l'amitié, de nombreux seconds rôles se retrouvèrent à lui donner la réplique de film en film : Paul Frankeur, Robert Dalban, Albert Dinan, Louis Seigner, Louis Arbessier, Henri Crémieux, etc. Ce besoin d'être entouré par des fidèles, des grognards, se retrouvait également au niveau des simples soldats, des rôles encore plus secondaires, à peine quelques lignes de dialogue. Jacques Marin, par exemple, tourna dix-huit films avec Gabin, record absolu. D'autres se retrouvèrent une douzaine de fois face au monstre sacré : Albert Michel, Gabriel Gobin, Marcel Péres, Paul Mercey, etc.

Dalban joua dix fois avec Gabin. Il lui prêta également sa voix : pour la version française de *L'Imposteur*, tourné à Hollywood. Il traînait derrière lui une réputation sulfureuse. Totalement inventée mais croquignolette. Des rumeurs soutenaient qu'il était propriétaire d'une maison close clandestine où aimait frayer le gratin du show-biz. Dalban proxo ! Ça le faisait marrer, ce genre de ragots. Et ses potes encore plus.

Dalban qui, durant des années, ne paya pas d'impôts sur le revenu. Non par rébellion et encore moins par volonté frauduleuse, mais simplement parce qu'il ne savait pas que c'était obligatoire. Ce qu'il expliqua avec une candeur sincère à son inspecteur lors d'un tardif contrôle. Lequel inspecteur lui réclama ses justificatifs de revenus et se vit répondre que tous étaient partis à la poubelle. Pourquoi s'encombrer de paperasserie ? La bonne foi de Robert était tellement évidente qu'il n'écopa que d'une légère amende.

Dalban aussi était fidèle en amitié : Henri Vidal, Robert Hossein, Michel Auclair, Jean Lefebvre, Armand Mestral. Une autre bande. Pas rivale, mais tout aussi déjantée...

Non loin de Gabin, plus brièvement, il y eut aussi Frank Villard, remarquable second rôle trop souvent cantonné dans des emplois de songe-creux aux allures de bellâtre. C'est lui qui est visé par ce célèbre échange entre Jean Gabin et Françoise Rosay dans *Le cave se rebiffe* :

« Je t'envoie un mec cette semaine.

– À quoi je le reconnaîtrais ?

– Un beau brun avec des petites moustaches, grand, l'air con.

– Ça court les rues les grands cons.

– Oui, mais celui-là, c'est un gabarit exceptionnel ; si la connerie se mesurait, il servirait de mètre étalon, il serait à Sèvres. »

Jean aimait beaucoup Frank, de son vrai nom François Drouineau, peintre de talent, qui était entré dans le cinéma comme... décorateur. Gabin se tint les côtes de rire quand il découvrit que le monsieur avait été élu « Apollon 51 », récompense désignant le jeune premier le plus élégant du cinéma français !

Les femmes n'étaient pas oubliées : Gabrielle Fontan joua sept fois aux côtés de Jean, Ginette Leclerc cinq, etc. En 1953, Gabin demanda à Georges Lacombe d'engager une comédienne un peu oubliée. Elle se nommait Gaby Basset et avait été sa première épouse. L'année suivante, l'acteur réitéra sa demande auprès de Jacques Becker pour que son ex ait un petit rôle dans *Touchez pas au grisbi*. Jusqu'en 1959, Gaby et Gabin firent sept autres films ensemble…

Ce sens aigu de la fidélité se manifestait également du côté des techniciens. Non seulement Jean aimait collaborer avec le même groupe de réalisateurs, mais aussi avec le même directeur de la photographie (Louis Page), le même ingénieur du son (Jean Rieul), le même photographe (Marcel Dole), le même décorateur (Jacques Colombier)… sans oublier le même chauffeur (Robert Rugier puis Louis Granddidier), voire les mêmes machinos. Certains, parmi ces derniers, le connaissaient depuis si longtemps qu'ils se permettaient de le tutoyer !

La plupart de ces noms figuraient dans ses contrats. Jean refusait de faire un film s'il n'était pas entouré par « son » équipe. Cela lui coûta quelques déconvenues… Lorsque la Gaumont produisit *Les Tontons flingueurs*, elle s'empressa de lui proposer le rôle principal, celui du « gugusse de Montauban ». Jean accepta aux conditions habituelles, c'est-à-dire avec l'exigence que ses potes fassent partie de l'aventure. De quoi faire tiquer Georges Lautner qui, bien que jeune réalisateur, aimait aussi travailler avec les siens. Jean refusa obstinément ces « nouvelles têtes » et le rôle fut offert à Lino Ventura, avec le succès que l'on sait. Lautner eut sa revanche quelques années plus tard, lorsqu'il dirigea Gabin dans *Le Pacha*... avec sa propre équipe !

Dans « l'écurie » de Gabin figuraient en première place sa maquilleuse Yvonne Gasperina et son habilleuse Micheline Bonnet, sa plus proche et plus fidèle collaboratrice.

*

Bernard Blier représentait presque le pivot de la « bande ». Il avait mené une si riche carrière qu'il connaissait tout le monde dans le marécage cinématographique, les vieux comme les jeunes, les gloires comme les sans-grade. Il les avait vus arriver, disparaître, réapparaître pour certains, et durer pour une petite poignée.

Gabin, il l'avait connu au temps du *Jour se lève*. Un bail. Puis les années cinquante-soixante scellèrent leur collaboration : cinq films en cinq ans. La plupart dialogués par Audiard. Dont *Les Grandes Familles*, *Le Président* et *Le cave se rebiffe*.

Jean et Bernard étaient convaincus que Michel leur piquait des répliques. Ce qui était vrai.

« Il m'est arrivé de dire du texte qui venait de Gabin, soutenait Blier. Je reconnaissais le genre d'expressions qu'utilisait Jean parce que je le connaissais depuis des années. L'inverse a dû se produire : Jean disant dans un film certaines de mes expressions ! »

Oui, cela était vrai. Mais en partie, seulement. Le dialoguiste ne leur empruntait que des bribes de phrases, des expressions imagées, des mots épars, des saillies furtives, qu'il arrangeait à sa sauce. Quand Blier s'indigna, affirmant que le terme « bourre-pif », si cher au Raoul Volfoni des *Tontons flingueurs,* lui appartenait, il abusait d'une mauvaise foi digne d'un extracteur de canine. Ni lui ni Audiard ne pouvaient en revendiquer la paternité : Albert Simonin l'avait couché sur le papier dès 1954 !

Il arrivait aussi que les réalisateurs se servent des bons mots de Bernard. Sur le plateau de *Cent mille dollars au soleil*, dans le désert, l'équipe technique eut des exigences. Henri Verneuil demanda à Blier :

« Tu ouvres la portière, tu descends du camion et tu t'arrêtes pile là où la place est marquée. »

L'ingénieur du son arriva à son tour :

« Si vous pouviez faire un petit pas à droite pour qu'on ne voie pas l'ombre de la perche, ça nous aiderait. »

Ce qui provoqua l'intervention du cameraman :

« Attention : un pas, pas deux, car sinon vous ne serez plus sous la lumière. »

Et ainsi de suite. Quand chacun en eut terminé avec ses doléances, Bernard dit de belle voix :

« Dites donc, les gars, est-ce que vous n'auriez pas d'autres courses dans le quartier, des fois ? »

Verneuil glissa cette expression dans son film…

*

Blier fut plus qu'un ami pour Gabin. Ils semblaient tellement proches, tellement complices, qu'ils finirent par former un « vieux couple ». Non seulement à l'écran mais aussi à la ville. Tel fut le cas lors du tournage des *Misérables*, qui eut lieu dans la peu riante Allemagne de l'Est.

Bernard Blier raconte :

« Je peux dire que j'ai été l'un des seuls acteurs, je dis bien "acteur" français, à avoir été en ménage avec Jean Gabin. Quand nous avons tourné *Les Misérables*, ça se passait à Berlin, nous avions pris un appartement dans un hôtel avec un salon, deux chambres – chacun la sienne, bien sûr –, deux télévisions séparées – parce qu'on ne voulait pas regarder les mêmes programmes… On buvait un coup, parce que le soir à Berlin, à l'époque, il n'y avait pas beaucoup de distractions. On buvait le coup assez violemment, c'est-à-dire qu'on se tapait, avant le dîner, une bouteille de whisky tous les deux, ce qui n'est pas énorme. Il fallait tout de même avoir avec soi des amuse-gueule : olives, petits gâteaux, choses salées… Chaque semaine, l'un de nous deux, ou Jean ou moi, était chargé des commissions. La semaine de Jean, c'était lui qui allait faire le marché et je l'appelais "Mademoiselle". Quand c'était ma semaine, il m'appelait "Madame" !… »

Par la suite Bernard continua de multiplier les films et les rencontres : huit avec Gabin, onze avec Carmet, six avec Ventura, trois avec Belmondo, huit avec Lautner, trois avec Verneuil, trois avec Depardieu, sans oublier Audiard, son fidèle, qui le dirigea à cinq reprises, lui confiant toujours des rôles d'obtus aux plaintes déchirantes. Il assista aussi aux débuts de Depardieu et d'Isabelle Adjani, de Georges Lautner et de… Bertrand Blier.

Quant à Alain Delon, il le connut dès son premier film, *Quand la femme s'en mêle*. Symboliquement, Bernard accepta de devenir son parrain cinématographique. Ce qui laissait supposer qu'ils se retrouveraient souvent. Tel ne fut pas le cas. Un seul projet les réunit à nouveau, *L'Échiquier de Dieu*, variation fumeuse sur les aventures de Marco Polo. Mais, faute de budget, le tournage en fut arrêté.

Blier put se vanter d'être le seul à avoir tout vu et tout connu du cinéma français et à savoir comment chacun des membres de la « bande » se comportait face aux caméras. Tous furent ses « clients » inconditionnels, riant à ses boutades. Car Bernard était un redoutable conteur, et ses cent quatre-vingts et quelque tournages furent émaillés de rires et d'anecdotes hilarantes.

Bien sûr, il n'y eut pas que des chefs-d'œuvre dans sa longue filmographie. Et quand on lui demandait de parler de *Pétrole, pétrole*, par exemple, il répondait :

« Ça, c'est fiscal ! »

*

L'association Gabin–Blier fonctionnait à merveille et plaisait au public. D'un côté le maestro, de l'autre le sous-fifre geignard qui s'en prenait plein les gencives.

« C'était le protagoniste et l'antagoniste, expliquait Blier. Une vieille théorie. Mais il faut s'en méfier : ça peut lasser, même s'il y a eu de bons films dans le lot… À la fin, on s'est aperçu qu'on avait tellement tourné ensemble que, d'un commun accord, on s'est dit qu'on laisserait passer un peu de temps. »

Un peu ? Onze ans séparèrent leur désunion de leurs retrouvailles professionnelles, dans *Le Tueur*.

Mais rien n'altéra jamais leur amitié. Un même humour, un même sens de la repartie, une même philosophie les unissaient par-delà le temps.

« C'était un copain formidable, se souvenait Bernard, et un acteur génial, avec une liberté, une simplicité d'expression extraordinaires. Et puis un œil… Un œil ouvert sur la connerie humaine, sur les choses qu'il fallait faire et ne pas faire. »

*

Lino Ventura, comme la plupart des membres de la « bande », bénéficiait d'un droit de regard sur ses partenaires. Concrètement, il avait tout pouvoir pour accepter ou refuser un comédien.

Quand Francis Veber vint lui parler de *La Chèvre*, c'était dans l'idée de l'opposer à Jacques Villeret qui jouerait le malchanceux François Pignon. Lino le refusa au prétexte qu'il était « trop lent » et, circonstance aggravante, que c'était « un acteur de la Loire », ce qui, à ses yeux, semblait un défaut rédhibitoire.

Veber contacta Pierre Richard, avec lequel il était un peu en froid depuis l'insuccès du *Jouet*, et lui proposa de devenir Pignon.

Pendant ce temps, Ventura, homme peu enclin à céder sur quoi que ce fût, ne s'entendit pas avec Alain Poiré, de la Gaumont, sur le montant de son cachet. Il exigeait son salaire habituel, l'autre lui demandait de diminuer ses prétentions eu égard au fait que ses derniers films n'avaient pas déplacé les foules. Impossible de s'entendre. *Exit* Ventura.

Suivant la suggestion de Jean-Louis Livi, Francis Veber s'orienta vers Gérard Depardieu, qu'il estimait pourtant un peu trop sérieux pour jouer dans une pure comédie. Un repas partagé entre Francis, Pierre et Gérard fit tomber les dernières barrières.

C'est ainsi que le duo Ventura-Villeret céda sa place à Depardieu-Richard, avec le succès que l'on sait.

*

Il est très fréquent qu'un acteur souhaite toujours la même personne au maquillage. C'est elle qui l'accueille, recueille ses confidences et prend le pouls de ses humeurs. Par contrat, Jean-Paul Belmondo exigeait d'avoir à ses côtés son habilleuse Paulette Breil (jusqu'à ce qu'elle prenne sa retraite dans le Sud) et son maquilleur Charly Koubesserian.

Charly et Jean-Paul se connurent d'abord dans des salles de boxe dont ils étaient spectateurs assidus. À force de se croiser autour des rings, ils finirent par se rapprocher le jour où l'acteur découvrit que ce monsieur à grosse moustache travaillait dans le cinéma. Mieux, qu'il était proche de Maurice Ronet, alors vedette adulée.

« Comment se fait-il que nous n'ayons jamais travaillé ensemble ? demanda Belmondo.

– Parce que je ne me suis jamais trouvé dans votre axe. »

Ils en restèrent là dans l'immédiat, préférant parler boxe plutôt que boulot. Quelques mois plus tard, Jean-Paul appela Charly pour lui demander s'il était libre en vue d'un prochain film. Réponse affirmative. Le premier jour de tournage de *Ho !* les deux futurs complices se retrouvèrent dans la loge de maquillage.

« Ça fait un bout de temps que j'avais envie de vous avoir », lança Belmondo.

De là naquit une amitié indéfectible et Charly ne manqua jamais un tournage de Jean-Paul. Quarante ans de carrière côte à côte. Ce n'est pas un signe d'amitié, ça ?

Ensemble, ils firent les meilleurs films et les pires blagues. L'une de leurs niches les plus cruelles démarrait sur une engueulade. Dès le début de la journée, les deux hommes s'invectivaient à voix très haute. Comme tous deux ont le sens de la formule, les noms d'oiseaux volaient à tire-d'aile. Ils s'annonçaient fâchés à vie et ne s'adressaient plus la parole de la journée. Fielleux, certains membres de l'équipe s'approchaient de l'un ou de l'autre en disant : « Tu as raison, Jean-Paul, ce maquilleur ne vaut rien ! », ou : « Charly, ne te laisse pas faire par cette pseudo-star… » Le soir venu, les deux amis se réconciliaient à grand renfort d'embrassades – puisque leur fâcherie était fictive –, réunissaient l'équipe et dénonçaient à haute voix ceux qui avaient balancé des ignominies sur l'un ou sur l'autre…

*

Belmondo appréciait d'être entouré d'acteurs amis, dont Pierre Vernier et Michel Beaune, proches depuis le Conservatoire. Plus Mario David, rencontré sur scène lors de la création d'*Oscar*. D'autres comme Maurice Auzel et Dominique Zardi bénéficièrent de rôles de moindre importance.

De son côté, Alain Delon demanda à Jacques Pisias, ancien catcheur qui fut à la fois sa doublure et plus ou moins son homme de main personnel, d'apparaître dans quinze de ses films. L'acteur s'arrangea souvent pour être entouré par le même maquilleur, le même coiffeur. Et parfois par les mêmes acteurs. Renato Salvatori, connu grâce à *Rocco et ses frères*, compta parmi les fidèles fréquemment invités à jouer avec lui.

« Jean-Pierre Melville m'a appris à être fidèle, expliqua Delon en 1977. Ce qui fait qu'à de nombreuses reprises, dans les seconds rôles, on peut retrouver les mêmes acteurs comme Maurice Barrier, Renato Salvatori… Dans la mesure, bien entendu, où les rôles leur collent à la peau. Je suis donc fidèle à l'amitié bien que je sois souvent dans l'obligation de changer, non pas pour moi ou pour les autres, mais pour ne pas avoir à imposer les mêmes gens au public venant voir mes films. Ça finit par ne plus être bon pour le film. »

*

Michel Audiard usa souvent de son influence non pour caser ses amis mais pour suggérer leurs noms aux metteurs en scène. André Pousse fut l'un d'eux. Il devint un brillant second rôle du cinéma français, avec son parler fortement teinté d'accent parisien qui ravissait le dialoguiste. Il joua dans toutes les réalisations de Michel et affronta même Gabin dans un face-à-face mémorable : *Le Pacha*... dialogué par Audiard !

Jean Carmet aussi fut de toutes les aventures mises en scène par Michel. Lequel l'avait, auparavant, aidé à gravir les échelons, persuadant les réalisateurs de le faire travailler... même dans un petit rôle muet !

« Le père Carmet et moi, on est potes depuis vingt ans, expliqua Audiard en souriant. On fait du vélo ensemble et on caresse un rêve : quitter le cinéma d'ici trois ans, acheter en commun sur les bords de la Loire un pavillon en meulière et pêcher tranquillement. Byzance, quoi ! »

Jean Carmet appartenait à plusieurs bandes. Celle d'Audiard mais aussi celle de Robert Dhéry et celle des bons vivants, avec Jean-Pierre Coffe, Gérard Depardieu et d'autres...

Il avait attendu longtemps avant de savourer l'atmosphère enivrante, parce que raréfiée, des têtes d'affiche. Après *Le Grand Blond avec une chaussure noire*, qui le fit connaître du grand public, Audiard lui mit le pied à l'étrier en lui proposant le rôle principal de *Comment réussir quand on est con et pleurnichard*. Puis Yves Boisset confirma ses dons d'acteur avec le très dramatique *Dupont Lajoie*. Un personnage si odieux qu'il terrassa Carmet. Il fut convaincu que ce serait son dernier rôle : plus personne n'oserait lui confier du travail après avoir incarné un tel salaud. C'est pourquoi, avant la sortie du film, il fit le tour de ses amis pour les prévenir que, dans les mois à venir, il risquait de se trouver à court de logement et, donc, de venir squatter chez eux. Bien entendu, tout le contraire se produisit…

Michel avait découvert Jean à ses débuts, alors qu'il se produisait dans la troupe des Branquignols de Robert Dhéry. Audiard, que l'on pouvait, à tort, croire plus attiré par les spectacles à mots d'auteur, adorait l'humour burlesque de ces joyeux farfelus et venait souvent les applaudir. Le sens de l'absurde de Carmet fit le reste…

Maurice Biraud fit les frais de son amitié avec Audiard. Cela se passa sur le plateau de *Mélodie en sous-sol*. Il interprétait le rôle du chauffeur de Gabin, un comparse dans le casse d'un casino cannois. Rien à redire. Sauf pour Jean qui, dès le début des prises de vues, comprit que son personnage de vieux voleur risquait de passer au second plan à côté de celui du jeune loup tenu par Delon. Après tout, c'était ce dernier qui faisait le coup, en rampant à travers les conduits d'aération. Se sentant injustement rabaissé au rang de serveur de soupe, Gabin s'en prit à tout le monde. Il aurait aimé s'en prendre à Audiard, qu'il considérait comme principal responsable de cette infamie, puisque auteur du scénario. Mais Michel ne fréquentait pas les tournages, préférant travailler dans son antre avec sa plume et ses cigarettes. Alors, Gabin choisit comme tête de Turc un proche ami du dialoguiste : Biraud, dont il qualifia le personnage d'inutile, voire de parasitaire. Cela étonna d'autant plus Maurice que, l'année précédente, il s'était parfaitement entendu avec Jean lors du tournage du *Cave se rebiffe*. Néanmoins, il ne retravailla plus jamais avec la star…

*

Pour tous ces messieurs, l'amitié avait quelque chose de sacré. Elle se situait au-dessus de tout, dans une zone privilégiée où s'entremêlaient le plaisir et la bonne humeur.

« C'est une bien belle chose que d'avoir un ami véritable et je te remercie, Michel, de m'avoir fait connaître ce sentiment, procuré cette émotion. »

C'est en ces termes que Jean Carmet rendit hommage à son ami Audiard lors de la cérémonie des Césars, quelques mois après sa mort.

Oui, mais jamais, au grand jamais
Son trou dans l'eau n'se refermait […]

L'ami Fernand

Fernand Contandin, dit Fernandel, n'a jamais fait vraiment partie de la «bande à Gabin». Pourtant les deux hommes étaient très proches. Non par la fréquence de leurs rencontres mais par leur intensité. Reliés par un fil de l'amitié plus solide qu'un câble de supertanker.

A priori, pourtant, tout semblait les opposer. L'un s'était spécialisé dans le comique, l'autre dans le drame. L'un ne jurait que par son Sud natal, l'autre ne pouvait être arraché à sa Normandie qu'à grand renfort de forceps. L'un adorait la pêche, l'autre la chasse. L'un s'était installé dans une vie conjugale d'une étonnante longévité, l'autre s'était montré quelque peu volage avant de se «caser»... On aurait pu les croire frères ennemis, ils étaient chats siamois; aiguisant leurs griffes sur des terrains dont l'éloignement était un trompe-l'œil.

Ils s'étaient connus en 1931, à l'occasion du tournage de *Paris Béguin*, œuvrette musicale d'intérêt secondaire. Fernand avait 28 ans et en était à son troisième film. Le compteur de Jean affichait 27 printemps et il roulait déjà sur son septième film, ce qui expliquait sa meilleure place au générique. Ayant tous les deux pratiquement grandi sur les planches, ils sympathisèrent sans arrière-pensée. Le comique, surpris par la blondeur de son partenaire, lui décerna le surnom d'«Albinos». Le séducteur, impressionné par la dentition chevaline de son nouvel ami, le gratifia de celui d'«Uranie», référence à une pouliche qui faisait un malheur sur les champs de courses.

Tous deux s'amusèrent beaucoup. Et eurent plaisir à se retrouver un an plus tard dans *Cœur de lilas*, tiré d'une pièce de Tristan Bernard, et surtout dans *Les Gaietés de l'escadron*, farce militaire marquée par la présence de l'immense Raimu. Depuis leur première et récente rencontre, le boulimique Fernandel avait participé à vingt films ! Des petits trucs, des panouilles... Le destin donnait l'illusion de vouloir les réunir. Pour mieux les séparer. Chacun suivit son chemin.

En 1938, un sondage les classa en tête des vedettes préférées des Français. Fernandel numéro un, suivi par Gabin. Troisième position : Raimu... que Jean détestait !

*

Trente ans ! Ils durent attendre trente ans pour renouer. Oh, bien sûr, ils s'étaient croisés de-ci, de-là. «Bonjour», «bonsoir». Rien de sérieux. Rien de définitif. Jusqu'à l'hiver 1961.

Cette année-là, le destin choisit pour entremetteur le jeune Henri Verneuil.

Sur le tournage du *Président*, Jean Gabin se permit une raillerie à l'encontre de Fernandel. Pas une vacherie, un mot, juste pour rire. Verneuil, réalisateur, lui en fit le reproche :

« Vous avez tort de parler comme ça de Fernandel. Si vous saviez ce qu'il dit quand il parle de vous !

– Ah bon ? Quoi ?

– Il dit tout simplement que vous êtes le plus grand. »

Jean encaissa le coup. Touché au cœur. Depuis trois décennies, il suivait la carrière de son ex-partenaire qui s'était hissé au rang de premier acteur comique français. Il ne pouvait se douter que, de son côté, Fernandel faisait de même. L'heure des grandes retrouvailles allait sonner.

Une poignée de semaines plus tard, l'indispensable Verneuil téléphona à Gabin pour lui demander d'être l'un des deux témoins à son proche mariage. L'autre serait Fernandel. Aucun calcul de la part du futur époux : il aimait sincèrement ces deux comédiens, ayant tourné six films avec l'un et deux avec l'autre. Jean répondit immédiatement oui.

Un beau matin de février, les deux stars entrèrent, séparément, dans le hall de l'hôtel de ville de Neuilly, étonnées de la présence d'une nuée de photographes de presse et de caméras de télévision. La cérémonie étant prévue à onze heures, ils arrivèrent en avance, naturellement. Et tombèrent dans les bras l'un de l'autre. Comme s'ils s'étaient quittés la veille. Ou l'avant-veille. Comme deux amis de toujours. Le Méridional cachait ses mains dans les poches de son épais manteau. Le Normand tenait une inévitable Craven entre les doigts jaunis de sa main droite. Plus question de surnoms. Face à face, côte à côte : Jean et Fernand, ainsi qu'ils ne cessèrent plus jamais de s'appeler. Et ça bavardait, ça papotait, le sourire toujours au coin des lèvres. Rien ne semblait pouvoir les séparer. Ni les arrêter.

Si, tout de même : le début des procédures conjugales. Ils entrèrent dans la salle des mariages pour aller s'asseoir devant la fenêtre, à droite des futurs mariés. À l'écart. Pudeur et discrétion. Mais la petite assemblée n'avait d'yeux que pour eux. Fernandel était visiblement plus à l'aise, la jambe détendue. Son compagnon, serré sur sa chaise, paraissait guindé. Pas à sa place au milieu des lambris.

Échange de vœux. Les témoins entrèrent en piste. Contrairement à une légende tenace, il n'y eut aucun incident.

La voici, cette légende. Transbahutée de livre en livre pour la plus grande gloire de son auteur et, indirectement, de sa pseudo-victime.

Or donc, au moment de la signature, le maire, Achille Peretti, aurait hésité quant au destinataire du stylo nécessaire aux témoins pour apposer leur paraphe. Gabin ou Fernandel ? Quel ordre de préséance ? Le Méridional se serait emparé du précieux objet tout en déclarant, avec son jovial sourire :

« De nous deux, la plus grande vedette, c'est moi ! »

Froncement de sourcils chez Gabin. Mais le comique, ayant préparé son coup, aurait alors ajouté :

« Parce que si monsieur Gabin avait tourné autant de couillonnades que moi, il ne serait pas devenu ce qu'il est ! »

Rires de l'assistance…

Bien joli, tout ça. Seulement le maire n'en était pas à son premier mariage. Des stars, il en avait vu passer. Des témoins aussi. Il avait prévu deux stylos !… Jean et Fernand signèrent au même moment, chacun sur une page du grand registre, avant d'échanger leurs places. Adieu la légende, bonjour la fraternité.

À la sortie de la salle, il fallut poser pour les photographes. Clics et sourires forcés. Surtout chez Gabin. Ensuite, Fernandel invita Jean à monter dans sa somptueuse limousine aux allures de paquebot. Départ bras dessus, bras dessous.

La journée était loin d'être terminée. Après la cérémonie religieuse en l'église arménienne de la rue Jean-Goujon, les invités se rendirent sur les Champs-Élysées. Pour les réjouissances culinaires. Bien entendu, les deux acteurs s'assirent non loin l'un de l'autre. Fernandel régala son auditoire de moult anecdotes, Gabin fit de même entre deux hoquets de rire. Au fil de la conversation, ils évoquèrent la nécessité de tourner prochainement un film en commun. Un vœu pieux ? Pas du tout. Les deux amis voulaient travailler ensemble et leur volonté pouvait, sinon renverser des montagnes, au moins faire trembler les assises du cinéma français.

*

Quelques jours plus tard, Fernandel rendit visite à Gabin sur un plateau de tournage. Déjeuner en face à face, en rire à rire. Échanges de souvenirs, confirmation de leur amitié, évocation de leurs débuts. Et scellement de leur association. Afin de faire avancer plus rapidement les choses, ils décidèrent de monter leur propre maison de production.

Un acte sacrément audacieux. À cette époque, les acteurs étaient des ouvriers du septième art, y compris les stars. Ils touchaient leur cachet, et *basta*. Bénéfices du film ou pas, ils n'en voyaient jamais la couleur. Désormais les deux poids lourds allaient se mêler de tout. Ou presque.

Restait à trouver un nom à leur future société. Inutile d'aller chercher bien loin : autant mélanger leurs patronymes. Pourquoi pas les trois premières lettres de leurs vrais noms, Moncorgé et Contandin ? Moncon… Non, à la réflexion, ça ne pouvait pas marcher… Alors les premières lettres de leurs célèbres pseudonymes ? Cela donna la Gafer. Bizarrement, Gabin ne fit aucun commentaire. Il connaissait pourtant l'argot et savait que « gafer » (avec un *f* ou deux) signifiait « rester en attente », « faire le guet ». À moins que ce ne fût volontaire de sa part…

« Le départ de cette association, c'est trente-cinq ans d'amitié », souligna Fernandel. Toutefois, fines mouches, les deux entrepreneurs refusèrent d'assurer au quotidien l'administration de cette nouvelle firme. Ils la confièrent à Georges Liron, ami et conseiller fiscal du Marseillais.

Il eût été logique que Verneuil présidât aux retrouvailles cinématographiques des deux compères. Hélas, entre-temps, Gabin s'était fâché avec lui sur le plateau de *Mélodie en sous-sol*. « Divergences artistiques. » Toujours cette histoire d'être considéré comme un faire-valoir qui avait agacé la star.

Verneuil inscrit momentanément sur la liste noire, il fallut lui trouver un remplaçant. Ce fut Gilles Grangier, qui venait de tourner *Maigret voit rouge* avec Gabin et *La Cuisine au beurre* avec Fernandel. Ces trois mousquetaires se réunirent… autour d'une bonne table et parlèrent projet. Feu vert fut donné au cinéaste pour concocter une histoire.

Grangier partit sur l'idée de deux acteurs sauvant de la faillite un théâtre ambulant. Un propos un brin nostalgique mais tempéré par de la musique et des danses. Gabin fit la moue. Le music-hall était plus le terrain de son ami que le sien, il risquait de s'y emmerder, voire de s'y enliser. L'équipe, épaulée par Pascal Jardin et Claude Sautet, se rabattit sur une comédie gentillette dans un contexte familial : deux pères de famille dont les enfants sont amoureux. Bien entendu, comme dans *La Cuisine au beurre*, l'antagonisme des régions (Paris contre Marseille) serait titillé. Une sorte de *Roméo et Juliette* moderne et humoristique, ainsi que tentèrent de s'en convaincre ses auteurs… «Banco», dirent les deux jeunes producteurs ; sans plus de conviction. Aucun ne fut dupe de la médiocrité du scénario. Gentil, bon enfant, mais manquant d'originalité et de scènes fortes. En réalité, les deux stars comptaient sur leur talent et leur métier pour combler des trous un peu trop béants. Comme le souligna Pascal Jardin :

« Il aurait fallu qu'ils tombent sur une très grande histoire et non pas qu'ils s'en fassent fabriquer une à leur mesure. »

Jean et Fernand se virent quasiment tous les jours pour peaufiner ce projet, fermant les yeux sur les failles car trop pressés de se donner la réplique.

*

Le tournage débuta à Saint-Mandrier, non loin de Toulon. Ce qui irrita Gabin, obligé de quitter sa Normandie où il aspirait à une vie tranquille. Pour calmer son irritation, la production – c'est-à-dire, indirectement, lui-même – lui réserva un compartiment dans le luxueux train Mistral qui reliait alors Paris à Nice en un peu plus de neuf heures. Ce fleuron de la SNCF ne proposait que des premières classes. Pas question pour les hommes d'affaires et les riches vacanciers d'être encombrés par la piétaille. En plus de la tranquillité, les passagers bénéficiaient de la pointe du progrès ferroviaire : portes à fermeture automatique, stores à commande électrique, climatisation, etc. *Nec plus ultra* : une voiture bar-restaurant où la cuisine était mitonnée par un chef en toque et les plats apportés par des serveurs en livrée. C'est là que Gabin choisit de s'installer un soir de septembre 1964. Place qu'il ne quitta pratiquement pas jusqu'à l'arrivée, aux aurores, à Marseille. Là, Jean jeta un coup d'œil en gare Saint-Charles, convaincu d'y trouver son ami Fernand qui habitait en bordure de la cité phocéenne. Personne.

« Je croyais qu'il allait m'attendre sur le quai de la gare à cinq heures du matin, se plaignit-il. Il était encore dans son lit ! »

Le Mistral reprit sa route. Gabin descendit à Toulon. Sept heures. Toujours pas de Fernandel. Qui ne montra le bout de son nez qu'à onze heures trente. Gabin la trouva un peu saumâtre.

Le lendemain, premier jour de tournage. Bien entendu, Jean râla sur la chaleur, le soleil, bref tout ce qui faisait le charme de la côte varoise.

« Moi je voulais qu'on tourne à Brest ! Avec son crachin. Je me sens beaucoup mieux sous le crachin brestois.

– Si nous avions tourné à Brest, lui répondit son ami, nous aurions l'anorak et la goutte au nez !

– Oui, mais moi je suis liquéfié par cette chaleur ! »

Le tournage se déroula néanmoins dans une excellente ambiance. Même si chacun finit par admettre qu'il était impossible de combler les faiblesses du scénario.

« Je me suis trompé, admit Grangier, j'aurais dû prendre un sujet beaucoup plus fort pour ces deux types. Avec Pascal Jardin, on s'est rabattus sur une histoire qui n'était pas mauvaise mais un peu molle. Et ce n'était vraiment pas la peine d'avoir ces deux monstres pour ce film. Leur rencontre aurait dû être explosive. »

Cela donna *L'Âge ingrat*.

L'occasion pour chacun de regarder l'autre au travail. Sans se prendre au sérieux.

« Il est l'optimisme même, et moi je suis plutôt le pessimisme même », affirma Jean.

« Nous sommes une paire d'amis depuis le début du parlant, une bonne trentaine d'années. Ça ne date pas d'hier, expliqua Fernandel. C'est vous dire si je le connais. Après avoir fait chacun sa carrière de son côté, nous nous sommes associés. Et pour que je m'associe, moi, il fallait qu'il y ait, en plus des affaires, justement cette belle amitié. Eh bien, moi qui le connais comme personne et mieux encore depuis notre association, je vous le jure : Gabin n'est pas un cabochard ni une forte tête. C'est un homme ravagé par la timidité. »

Plus tard, Jean admit :

« Fernand avait du soleil dans le crâne ; moi, j'ai toujours eu de la brume. »

À bien y regarder cette amitié tenait de l'union du chaud et du froid. Verneuil, qui les connaissait bien, expliqua que ces deux stars ne provoquaient pas les mêmes réactions de la part du public. Quand Fernandel se promenait dans la rue, tout le monde souriait et s'approchait de lui. Gabin, au contraire, imposait un respect presque tétanisant, et rares étaient les courageux à oser l'affronter pour quémander un autographe.

Ils s'entendirent à peu près sur tout. Sauf, peut-être, sur la vision de leur métier. Fernand soutenait non sans fierté qu'il appartenait à l'immense famille des « Artistes ». Avec un grand A que son accent marseillais rendait plus grand encore. Jean le reprenait en préférant le mot de « saltimbanques », avec un petit s des plus modestes.

Présente sur le plateau, puisque incarnant l'épouse de Gabin, Paulette Dubost fut aux anges :

« Je regrette, dit-elle, de ne pas avoir eu un magnétophone pour enregistrer les conversations entre

Gabin et Fernandel sur leurs souvenirs de jeunesse et de carrière ! »

Le soir, une fois les projecteurs éteints et les caméras remisées, ils se retrouvaient dans la salle de restaurant de la Tour-Blanche, à Toulon, où ils logeaient tous deux. Là, avec autour d'eux une vue panoramique sur la majestueuse rade, Fernandel régalait son compagnon de moult anecdotes. Exagérées souvent, hilarantes toujours. Et Gabin riait aux larmes.

Le week-end, Fernand invitait Jean chez lui. Le repas dominical était copieux. Et plus encore. Le Normand raffolait des pieds paquets et de la daube préparés par la belle-sœur du Méridional. Entre deux lampées, il racontait sa guerre, imitant les bombardements et jetant du gravier sur le sol pour faire plus réaliste. Après le dessert, après un « Dis, coco, je crois que je vais dormir un peu », il choisissait un transat à l'ombre et piquait un petit roupillon. Gabin se sentait comme en famille auprès de son ami et des siens.

Cette complicité magnifiée par le soleil du Sud se poursuivit sous des cieux moins cléments. De passage au studio de Boulogne-Billancourt où se tournaient les intérieurs du film, Jean-Claude Brialy fut témoin de la joie que Gabin irradiait :

« Il était heureux de retrouver son vieux complice. On aurait dit deux gamins. Ils se faisaient des confidences, des messes basses, comme s'ils complotaient. »

Lors de la sortie de *L'Âge ingrat*, les deux producteurs-acteurs mirent tout le poids de leur popularité dans la balance. Ils participèrent à la grande première parisienne, donnée au profit du Soutien confraternel des journalistes, preuve que ni l'un ni l'autre n'était rancunier vis-à-vis d'une profession pour laquelle ils ne nourrissaient pas un amour immodéré. Ils en profitèrent pour affirmer qu'ils avaient un autre projet en commun... qui ne vit jamais le jour.

*

Lorsque le premier film de la Gafer parut sur les écrans, en décembre 1964, ses deux interprètes voguaient sur la cime du succès. L'un colossal : *La Cuisine au beurre* (6 396 000 entrées) ; l'autre moindre mais imposant tout de même : *Mélodie en sous-sol* (3 518 000 entrées). *L'Âge ingrat* réunit 2 862 000 spectateurs mais ne convainquit personne. Surtout, les deux stars se firent damer le pion par Louis de Funès qui, avec son *Gendarme de Saint-Tropez*, caracola largement en tête du box-office. Elles se firent également distancer par un risque-tout qui plaça trois de ses films dans les premières places du box-office 1964 : *L'Homme de Rio*, *Cent mille dollars au soleil* et *Week-end à Zuydcoote*.

Contrairement à ce qui a été affirmé, la Gafer ne ferma pas ses portes. Elle produisit encore six films : trois pour Fernandel, trois pour Gabin.

Les deux amis se revirent souvent. Espérèrent rejouer ensemble. En vain.

Le 26 février 1971, Fernand Contandin tira sa révérence. Laissant un Gabin meurtri.

« C'était un gars d'une très grande droiture et d'une très grande loyauté, dit-il. Sous des dehors un peu fantaisistes, sous la galéjade, c'était un gars sur qui on pouvait compter. Un homme droit comme une barre. Et c'est rare ! Très rare… »

Les mains sur la table

« Il y avait un temps où je tournais à Paris en été avec Jean Gabin, racontait Lino Ventura. Et tous les soirs on dînait au Fouquet's parce qu'il n'y avait pas grand monde. C'était l'été, il faisait beau, c'était magnifique... Un soir, on était en train de dîner tous les deux, et qui est-ce qu'on voit arriver ? Monsieur Blier ! Il nous voit, on s'assoit tous les trois à la même table et on commence à manger. À cette époque-là, j'aime autant vous dire qu'on se tenait mieux à table qu'à cheval, tous les trois... Évidemment, de quoi parlons-nous en mangeant ? Entre intellectuels, on a commencé par des recettes de cuisine, et patati et patata. Et des adresses ! On avait déjà liquidé une bassine d'écrevisses, les canards aux olives étaient passés, les camemberts aussi et on était toujours à parler de bouffe... À la fin du repas, et Dieu sait si c'était un repas, Blier dit :

"Je connais un endroit près de la gare du Nord où il y a le meilleur pot-au-feu de Paris.

– Ah bon ?" fait "le Vieux".

« Blier avait les larmes aux yeux en parlant de ce

pot-au-feu… Il était onze heures du soir. Ils ont demandé l'addition, se sont levés de table et Jean a dit :

"On y va !"

« J'ai retenu "le Vieux", qui partait droit comme une flèche. J'ai dit :

"C'est pas possible, les gars, on va éclater !"

« Je leur ai sauvé la vie ! »

Les membres de la « bande » plaçaient la nourriture parmi leurs préoccupations premières. À en saliver par avance. Le bon manger égayait leurs journées et leur redonnait le sourire, surtout quand le repas était partagé avec quelques fines fourchettes. Attention : pas question d'aller se perdre dans les méandres de la nouvelle cuisine ni du côté des restaurants hors de prix où de minuscules figures de style culinaires se retrouvent piteusement plantées au milieu d'une assiette octogonale. Non, ce qu'ils voulaient, tous, c'était de « la bonne bouffe », des trucs plutôt populaires, qui se confectionnent dans des brasseries, des restaurants de quartier et chez des chefs fervents défenseurs de la cuisine traditionnelle. Car la « bande » voulait non seulement bien manger, mais aussi assouvir sa faim, c'est-à-dire beaucoup manger ! Bœufs gros sel, boudins aux pommes, daubes aux haricots rouges, ragoûts de mouton, pieds paquets, pot-au-feu, potées aux choux, petits salés aux lentilles, cassoulets… ne leur faisaient pas peur. Sans oublier les poissons, en tête desquels un omble chevalier au beurre blanc dont Jean Gabin garda un souvenir ému durant toute sa vie.

Jean Carmet, trublion satellite de la « bande » *via* Audiard, était lui aussi accro aux bonnes tables.

« Rien ne faisait plus plaisir à Jean Carmet qu'un bon gueuleton avec des copains, témoigne Charly Koubesserian. Aussi, fréquemment, le soir, nous nous retrouvions chez l'un ou chez l'autre, ramenant une bonne bouteille ou du bon manger et nous ripaillions jusque tard dans la nuit. Il faut dire que Jean avait un don sans pareil pour créer un climat. Il avait sa façon bien à lui de mettre les gens à l'aise et on se sentait tellement bien près de lui que tous ses amis l'adoraient. »

Manger. Pas se nourrir ni remplir sa panse mais déguster, savourer, humer, dévorer des yeux, partager. Bon repas marque bonne journée. Estomac repu, esprit apaisé… Ils auraient pu en inventer à foison, des pseudo-proverbes justifiant leur besoin viscéral de s'attabler.

Gabin osait longer la frontière de l'excès et parfois la franchir. Un soir, lors du tournage d'*Un singe en hiver*, il se lâcha. Entraînant son ami André Brunelin, il s'attabla dans un restaurant de Trouville. La carte lui mit l'eau à la bouche. Se sentant en appétit – le contraire était rare –, il commanda un plateau de fruits de mer. Pas le petit machin de dégustation, non : le fin du fin. Large et glacé comme une patinoire olympique. Arrosé de sancerre blanc pour faire passer les bigorneaux. Une fois ingurgitée cette entrée – car il la considéra comme telle ! –, il s'attaqua au plat principal. Une sole. Toute simple. De belle taille tout de même. Grillée. Bonne mais insuffisante pour le mangeur.

Qui demanda qu'elle soit suivie par une raie au beurre noir. Elle aussi poussée par le petit vin blanc. Par gourmandise, Jean souhaita « goûter » au crabe farci qui figurait en bonne place sur la carte. Bien entendu, il ne se contenta pas de le goûter et vida l'assiette. Un ultime poisson, apporté dans la foulée, ferma la marche. Gabin était comblé. Sagement, il préféra repousser le plateau de fromages qu'on lui présenta. Par contre, il ne put résister quand la patronne en personne vint lui proposer un somptueux baba au rhum, spécialité de la maison…

*

Avides de plats familiaux, les membres de la « bande » ne se concentraient pas obstinément sur la cuisine du terroir gaulois. De ses voyages en Italie, Bernard Blier rapporta des recettes savoureuses et Lino Ventura leur fit découvrir les mille et une manières d'accommoder les pâtes. Le couscous aussi avait leurs faveurs. Gabin privilégiait un établissement baptisé Chez Martin-Alma où, après deux anisettes et des amuse-gueule, il s'attaquait aux merguez puis au couscous méchoui largement arrosés de Royal Kébir.

Au jeu du « gros mangeur », tous, sans exception, furent dépassés par Lino Ventura, qui les distançait de plusieurs assiettées.

« Lino ! Alors, tu parles d'un quadrille de mâchoires ! » s'enthousiasmait Gabin.

Pantagruel n'était pas son cousin. Gargantua non

plus. Le plus gros appétit du cinéma français, disait-on.

« Quand j'étais lutteur, rapporta-t-il un jour, vous m'auriez mis un poulet sur la table, vous m'auriez insulté ! Je faisais cinq à six repas par jour, je mangeais vingt-trois côtes de porc à la file, des omelettes de vingt œufs et quand je rentrais à la maison, vers minuit ou une heure du matin, ma mère me laissait un petit en-cas dans la cuisine ! »

Il aimait raconter qu'avec son équipe de sportifs, les épreuves terminées, ils prenaient d'assaut un restaurant et dévoraient toutes les réserves. Quand ces affamés avaient tout ravagé, ils appelaient le serveur :

« Vous n'auriez pas un petit quelque chose en plus ? Une omelette, par exemple ? »

De fait, ses plus impressionnants repas, Lino les fit au temps de sa jeunesse de lutteur. L'âge aidant, il s'assagit, un peu, mais resta doté d'un appétit très supérieur à la moyenne. Il avait ses habitudes dans une brasserie où il pouvait se sustenter à n'importe quelle heure du jour.

*

A contrario, Jean-Claude Brialy faillit s'attirer les foudres de Gabin peu avant le tournage de *L'Année sainte*, où tous deux seraient déguisés en abbés. Le monstre sacré, qui voulait tester son cadet, le convia au restaurant. Brialy jeta un coup d'œil rapide sur la carte et commanda un foie de veau.

« Ah non, réagit Gabin. Il ne va pas commencer à

nous emmerder, l'abbé. Il va pas prendre trois fois rien pour nous faire remarquer qu'on mange trop ! Alors il va manger comme moi, l'abbé ! »

Pliant sous la harangue, Brialy consentit à commander deux énormes plats. Qu'il eut beaucoup de mal à terminer. Gabin était content : ils se trouvaient désormais sur le même terrain…

Michel Audiard réussit l'exploit d'introduire les bons repas dans le cadre professionnel. À se demander s'il n'était pas devenu réalisateur uniquement dans ce but. En effet, sur tous ses films, où jouaient immanquablement une pléthore d'amis, les déjeuners s'éternisaient. Chacun y allait de sa déconnante et tout le monde se sentait si bien que personne n'avait envie de quitter la table.

« On prenait le temps de gueuletonner », se souvient Annie Girardot.

Il fallait vraiment l'insistance des techniciens pour arracher cette troupe à ses ribotes. Peut-être Audiard aurait-il, parfois, mieux fait de filmer ces repas…

*

Les amis avaient fini par former une sorte de cénacle au sein duquel circulaient les bonnes adresses qu'ils distillaient avec la discrétion et le sérieux de druides se confiant la recette de leur potion magique. À ce jeu-là, Blier était le plus fort.

« "Ne t'en fais pas, j'ai une adresse." »

« Combien de fois, dans une ville étrangère ou dans un petit trou perdu, ai-je entendu Bernard proférer cette phrase à l'heure du repas, rappelle son épouse Annette. Et le voici qui consulte son carnet avec les gestes du prêtre ouvrant son bréviaire… Il a "senti" le petit bistrot où on "becte gentiment", comme il dit. Il le repère à certains signes mystérieux connus de lui seul ; il le devine à sa façade, à la couleur des rideaux, à la tête du patron ou de la serveuse.

"Je crois beaucoup au coefficient'binette'. C'est pourquoi je ne consulte jamais avant d'entrer", m'explique-t-il lorsqu'il vient de flairer un nouvel établissement.

« En revanche, il se méfie du clinquant, du faux chic.

"Si on cherche à épater le client à l'entrée, dit-il, c'est pour mieux lui faire avaler l'addition à la sortie. Alors, dans ce cas, je me débine !"

« Grâce à ce sixième sens, même dans les pays réputés pour la médiocrité de leur gastronomie, Bernard a réussi à me faire faire des repas plus qu'honorables, mais c'est aux tables de son pays qu'il voue sa reconnaissance la plus vive. »

Jean Yanne, qui, lui non plus, ne cracha jamais dans la soupe, fut sidéré par la somme de connaissances de Blier :

« Il avait une opinion sur tout : il savait où on trouvait les meilleurs cigares, où on trouvait les meilleurs vins, il savait là où on mangeait bien, où il fallait aller chercher le pain… Il expliquait qu'il fallait traverser tout Paris pour avoir les croissants là et les brioches ailleurs, parce que ce n'était pas au même endroit ! »

Non seulement Blier enregistrait dans sa fabuleuse

mémoire chaque détail des meilleurs établissements de la planète, mais il témoignait d'une imagination sans faille dès qu'il s'agissait des choses de la table.

« Le premier souvenir que j'ai de Bernard, témoigne Jean-Paul Belmondo, c'est quand nous avons tourné *Cent mille dollars au soleil*, au sud de Ouarzazate. À l'époque, il y avait juste un hôtel. Pour la bouffe, c'était très dur. On mangeait dehors le midi avec des sandwichs, et ce qui était formidable avec Bernard et Lino, c'est qu'on arrivait à huit heures du matin sur le tournage et ils commençaient à faire le menu de ce qu'ils allaient manger à midi. Évidemment, ce n'était jamais ce qu'ils annonçaient puisque c'étaient des paniers froids. Mais Bernard avait une invention extraordinaire : il décrivait la baguette qui croquait sous la dent, les rillettes ; après on passait à du vin formidable. On faisait un gueuleton extraordinaire dès huit heures du matin, ce qui faisait que quand, à midi, arrivaient les paniers, on avait déjà mangé !… Il avait une sincérité extraordinaire car on pensait vraiment qu'on allait les manger, ces choses-là… Il charriait toujours Lino avec ses pâtes. Avec son comique à froid, il disait que l'eau était mal bouillie, que les pâtes étaient trop tendres ou trop dures, ce qui rendait Lino furieux. »

Bernard, fine gueule, participait en première ligne au concert des lamentations vilipendant la triste évolution de la cuisine française :

« On a abîmé la cuisine à coups d'additions trop salées, de littérature trop hermétique et de nouveaux chefs qui ne savent pas faire cuire des légumes ! »

*

Moins chanceux que son ami Bernard, Gabin souffrit de douloureuses déconvenues culinaires à l'étranger.

Comme son titre le laissait supposer, *La Vierge du Rhin* se tournait en Allemagne. Un jour, Jean entraîna son ami et réalisateur Gilles Grangier dans une auberge réputée. Hélas, la carte était rédigée dans la langue de Goethe. L'acteur n'y entravait rien. Gilles vola à sa rescousse. Jurant connaître l'allemand comme s'il avait grandi à Berlin, il commanda trois mets : entrée, plat, dessert. Les deux amis se retrouvèrent bientôt avec chacun trois truites ! Ce que Gabin n'oublia jamais. Jamais ! Il répétait à tue-tête :

« Méfiez-vous de cette engeance, il ne sait pas un mot d'allemand ! Il nous a fait bouffer trois truites à la suite sous prétexte que les plats avaient de jolis noms ! »

Parmi les adresses parisiennes incontournables figuraient la brasserie Lipp et Le Pharamond, près des Halles. Un établissement place de l'Alma bénéficiait aussi des faveurs de Jean. Il y avait ses habitudes. Table tout de suite à droite en entrant. Pour ne pas avoir à traverser la salle sous les yeux inquisiteurs.

Un jour que l'endroit regorgeait de monde, Gabin fut pris d'une envie pressante. Au lieu de passer au milieu des tables et des regards, il préféra sortir pour se soulager contre un arbre. Discrètement. Pas tant que ça. Quand il se retourna, il constata que, grâce à l'immense baie vitrée, pas un client n'avait manqué son étrange manège. Henri Verneuil et Michel Audiard s'empressèrent de remettre deux thunes dans le bastringue à railleries dès qu'il retrouva sa chaise…

Bien entendu, tous les membres de la « bande » firent le tour des grandes tables de France.

Gabin affirmait avoir un « truc » pour tester les bonnes adresses. Probablement une boutade. Il en fit part à José Giovanni un jour qu'il l'invitait au restaurant :

« Vous verrez, c'est bon ici parce que les chiottes sont nickel… Je vais d'abord aux chiottes avant de regarder la carte. »

*

Ils étaient redoutables, ces affamés, parce que exigeants. Et exigeants parce que spécialistes. Impossible de les avoir à l'esbroufe. Grand chef ou pas, si les mets n'étaient pas à la hauteur de la réputation de l'endroit, les responsables en prenaient pour leur grade. Plus redoutables que des critiques gastronomiques adoubés. À faire tomber des toques ! Quant aux restaurants branchés avec lumière tamisée et musique d'ambiance, ils les fuyaient comme la peste. Ils exigeaient de voir ce qu'ils mangeaient et le brouhaha, sans excès, faisait partie intégrante des bonnes conditions de travail des mandibules.

Sur un tournage en extérieur, tous repéraient les lieux magiques. Quand Gabin jouait en Normandie, il connaissait à la petite cuillère près les meilleures enseignes de la côte et y emmenait ses partenaires. Ceux qui ont vécu les prises de vues d'*Un singe en hiver* ont été marqués par les bistrots de Trouville et les auberges avoisinantes. L'une des préoccupations majeures – pour ne pas dire *la* préoccupation majeure – consistait à chercher des adresses aussi méconnues qu'inoubliables. Avec Jean-Paul il tirait des plans sur la comète pour savoir où dénicher les meilleures langoustes à la crème de la côte, voire les meilleures moules à la crème…

À Marseille, qui n'était pas son fief, Jean ne pouvait manquer de faire une halte au célèbre Chez Fonfon, dans le vallon des Auffes, réputé pour sa bouillabaisse, une des adresses les plus cotées de la ville.

Partout le bon manger revêtait une importance primordiale. Surtout si des amis étaient de la partie. Quand Lino tourna *Le Silencieux* à Gap, il s'empressa de retrouver son ami Jean, qui jouait *L'Affaire Dominici* à Sisteron, ville distante d'une cinquantaine de kilomètres, pour un repas copieux et bien arrosé. Digne d'un banquet du XIXe siècle.

L'attrait de la bonne chère ne datait pas d'hier. Gabin a toujours soutenu avoir joué *La Grande Illusion* dans un état second en raison des repas gargantuesques partagés avec Jean Renoir et Marcel Dalio. Le tout largement arrosé de vin d'Alsace, de Moselle et du Rhin. L'idée d'être en train de participer à un futur chef-d'œuvre ne les effleura pas un instant. Et, bien des années plus tard, lorsqu'on évoquait ce film devant Jean, il en avait la larme à l'œil… au souvenir des gueuletons !

Il y a fort à parier qu'aucun des membres de la « bande » ne fréquenta jamais un fast-food – race qui commença à faire son apparition en France dans les années soixante *via* les Wimpy de Jacques Borel. Et quand, pour les besoins d'*Une chance sur deux*, Patrice Leconte entraîna Delon et Belmondo dans un McDonald's, cela frôla la science-fiction…

*

Une fois attablés, ces solides gaillards dissertaient d'abord sur la gastronomie. Ils refaisaient le monde à travers ses plats.

« À table, il ne parlait jamais de cinéma, témoigna Paulette Dubost, qui fut la partenaire de Gabin. Il parlait de ce qu'il avait dans son assiette, il donnait des recettes, chipotait sur la qualité du vin. Je l'ai vu prendre des crises : "Votre vinasse, je ne comprends pas : ça sent le bouchon à dix kilomètres !…" »

Puis ils dérivaient vers le sport. À en bavarder des heures durant.

Une fourchette à la main, ces messieurs n'étaient plus tout à fait les mêmes. À moins que, au contraire, ils n'aient retrouvé là leur véritable nature. L'un pouvait frôler la logorrhée :

« Gabin, remarquait Audiard, c'était la Grande Muette, il pouvait se taire des heures, mais dans un dîner de copains il était intarissable, il racontait ses histoires de guerre dans un langage très, très imagé. »

Un autre, tel un ventre affamé, semblait ne plus avoir d'oreilles :

« Je me rappelle d'un petit salé aux lentilles à la maison, une fois, et d'un cuissot de sanglier, une autre fois, racontait Gabin. Tu croirais qu'il va te tuer, Lino, quand il mange, t'oses plus parler. T'entends les mâchoires qui font clac-clac-clac. Tu te dis : "Merde, si je m'approche, il va me buter !"... Mon vieux, tu ne peux pas savoir ce que c'est, il est champion du monde ! »

Au restaurant, pour peu qu'il y eût des « spectateurs » proches, ils pouvaient dire les pires énormités. À haute voix. Jean adorait charrier André Pousse car il savait que les réponses fuseraient du tac au tac :

« T'es toujours hitlérien ?

– Oui, je considère que quand on est le patron d'un pays, il faut de l'autorité. Et Hitler dirigeait l'Allemagne avec autorité.

– Ah ça, pour avoir de l'autorité, il avait de l'autorité ! »

Échange que l'on peut rapprocher de celui d'un autre entre Michel Audiard et René Fallet. Tenant un simili-questionnaire de Proust entre ses mains, le premier demanda à son ami :

« Quelle est ton occupation favorite ?

– L'occupation allemande. »

*

Plus exceptionnellement, ils parlaient business, c'est-à-dire cinoche. C'est autour d'un plat mijoté que naquirent plus d'un film. Entre deux coups de fourchette, deux verres de vin, ces joyeux drilles montaient des projets. De nos jours, les films se font dans des banques et dans les bureaux ouatés des chaînes de télévision. En ces années charnières, ils s'inventaient dans les bistrots et les restaurants. Toute une époque ! Le plus fréquemment, l'un des acteurs présents prenait à partie le réalisateur attablé (Verneuil, Grangier, La Patellière, Delannoy ou autre) :

« Pourquoi on ne ferait pas un truc ensemble ? »

À peine la question posée, tous se tournaient vers le scénariste attitré, le plus souvent Michel Audiard :

« T'aurais pas une idée ? »

Et le maître de la verve de répondre illico :

« J'ai lu un bouquin formidable qui vous irait à merveille. »

Il se mettait à raconter une histoire, souvent création de toutes pièces à partir d'éléments tirés dudit livre ou mélange d'une foultitude de ses lectures récentes. Ça donnait une piste, une idée, une envie. Si un producteur traînait dans le coin, on le sommait de prendre une option sur l'ouvrage en question et le tour était joué. Les contrats seraient signés plus tard, la parole donnée suffisant amplement. Même si, comme le souligne le Dabe du *Cave se rebiffe* :

« Depuis Adam se laissant enlever une côte jusqu'à Napoléon attendant Grouchy, toutes les grandes affaires qui ont foiré étaient basées sur la confiance. »

*

La « bande » ne partageait pas seulement les agapes dans des établissements dûment estampillés.

Elle aimait aussi se retrouver chez l'un ou chez l'autre. Ventura, Blier et Verneuil mettaient un point d'honneur à accueillir royalement leurs amis, c'est-à-dire à mettre la main à la casserole. Et là, on ne plaisantait plus !

« Lino, constatait Audiard, c'est pour moi le type qui confectionne les meilleures pâtes aux fruits de mer d'Europe. Il se donne du mal pour les faire, il ne les achète pas toutes faites. Il va au marché le matin, il va aux Halles, il achète ses palourdes… tout le bastringue. Il prend des pâtes fraîches, il vous confectionne ça, ça lui prend ses trois ou quatre heures de boulot. C'est un cérémonial. Mais c'est extraordinaire. »

Ce même Michel, très au fait de la susceptibilité culinaire de son ami, s'amusa à le piéger. Il soutint publiquement que le producteur Norbert Saada faisait de meilleures pâtes que Ventura. L'acteur blêmit sous la violence du coup. Crime de lèse-majesté. Cela pouvait mener loin. On avait décimé des divisions entières pour moins que ça. Lino ne dit rien mais rumina sa vengeance. Dès le lendemain, il débarqua chez Saada et lui conseilla de ne plus se consacrer qu'au couscous. Menaces à l'appui. Feintes, certes, mais impressionnantes !…

Ces gourmands gastronomes préparaient leurs dîners longtemps à l'avance, choisissant les condiments, sélectionnant les vins, surveillant la cuisson. Cela tenait à la fois de l'amour-propre, du plaisir de satisfaire les amis et du challenge : les autres devraient relever le défi lorsqu'ils rendraient l'invitation.

« Il n'y a que les imbéciles qui parlent de la table de façon méprisante, remarqua Ventura. J'adore manger, c'est vrai. Ce que j'aime, ce qui compte avant tout, c'est ce moment de connivence, cette chaleur ordinaire qui émane d'un repas partagé avec des amis. C'est ce moment de communion, de convivialité que je trouve très beau. Quand je cuisine, c'est moi qui coupe, c'est moi qui sers et je ne veux que mon cérémonial à moi, qui n'a rien à voir avec la notion de service. Quand je suis aux fourneaux, tout le monde défile dans la cuisine, alors autant manger là. C'est plus simple et c'est plus vrai… J'aime aussi beaucoup ce qui précède la préparation d'un plat. J'adore le marché. C'est un endroit où je me sens bien. J'ai l'impression d'entrer dans les entrailles de la ville, dans sa vérité. Je suis un client difficile. J'aime bien regarder, tâter, choisir. Je terrorise mon boucher. Je veux tel morceau et pas un autre. »

Dîner à Saint-Cloud chez Ventura constituait un événement. On était sûr non seulement de bien y manger mais aussi d'y passer un moment de franche rigolade.

« Lino était quelqu'un qui, sur un tournage, pouvait rester dans son coin sans rien dire pendant des heures mais qui, quand il vous invitait chez lui, était un compagnon très brillant, très amusant, témoigne Françoise Fabian. Il était assez proche de la personnalité de Gabin, qui pouvait être un homme exquis et qui, en même temps, était très farouche. »

Gabin cuisinait moins mais connaissait sur le bout des ongles des recettes à faire saliver d'envie. Dont celles du lapin à la moutarde et du bœuf bourguignon.

Les nourritures terrestres faisaient partie d'un tout. À la fois convivialité et échange, fraternité et partage. Autour d'elles passait quelque chose d'indéfinissable et pourtant de parfaitement perceptible. Ce qui fait dire à Gérard Depardieu :

« J'ai appris le métier à table avec Gabin, en buvant avec lui ; en suivant Bernard Blier dans ses histoires terribles… »

*

Le vin participait de la fête. Le vin, pas l'alcool. Différence de taille. Ils buvaient pour satisfaire leur palais, non pour s'enivrer.

« Un bon coup de vin bien frais, c'est bon quand il fait chaud. Un bon coup de vin chaud, c'est bon quand il fait froid. Une bonne bouteille de vin, c'est bon à partager avec un ami, c'est une façon de communier avec la vie. »

Cette philosophie, adoptée par tous, est signée Jean Carmet.

Chez certains, dont Gabin, la bière pouvait remplacer le vin. Ou s'y ajouter. Ce qui exerçait une influence sur la vessie.

« À l'époque où il habitait rue François-Ier, raconta Audiard, certains soirs, on faisait soixante fois l'aller-retour entre la Brasserie des Champs-Élysées et chez lui. Je le raccompagnais, on pissait dans toutes les portes cochères, on retournait boire sept, huit, neuf bières, on retournait vers chez lui, l'arrosage recommençait… »

Étonnamment, bien peu franchirent le pas séparant l'amateur du professionnel. Seuls André Pousse avec son Napoléon Chaix dans le 15e et Jean-Claude Brialy avec sa prestigieuse Orangerie dans le 4e ouvrirent leur propre restaurant. Que leurs amis s'empressèrent de venir fréquenter. Depardieu ouvrit à son tour un lieu de plaisir gastronomique, La Fontaine Gaillon, dans le 2e, mais beaucoup plus tard.

*

Philippe Noiret partageait avec la « bande » le goût de la table. Goût qui ne fit que s'accentuer au fil des ans.

Lui aussi exigeait de déjeuner à heure fixe. Au point qu'en Italie les machinos lui confectionnèrent une pancarte placée près de son siège : « Ne pas déranger entre 12 h 30 et 14 heures ! »

Noiret avait « inventé » une règle d'or affirmant que, à partir de sept personnes assises, chacun avait le droit de commencer à manger. Règle qui lui évitait d'attendre que chacun ait posé son séant pour dévorer l'assiette qui l'attendait sous ses yeux.

*

Cet amour de la cuisine explique en partie pourquoi la plupart des membres de la « bande » renoncèrent à une carrière américaine. Jean Gabin le premier. Démoralisé par les restaurants *made in*

USA, rêvant à ses petits bistrots parisiens, à ses guinguettes au bord de l'eau et à ses restaurants toqués, il finit par plier bagage et claquer la porte d'Hollywood. Il le fit avec d'autant plus d'empressement que son avenir ne s'annonçait pas aussi mirifique que voulaient l'en convaincre les « executive » des grands studios et qu'il voulait entreprendre « quelque chose » pour son pays, geste courageux. Il avait déjà fait preuve d'audace en quittant la France quand les Allemands avaient exigé qu'il tourne des films pour eux.

Lino Ventura, quant à lui, désespérait tellement sur le tournage d'*Un taxi pour Tobrouk*, en Espagne, où la nourriture locale, noyée dans de l'huile d'olive, lui donnait des vertiges, qu'il demanda à son épouse de le rejoindre dare-dare avec des mets *made in France*. Par la suite, les épouses présentes furent chargées d'aller faire les courses, Lino s'occupant personnellement de la cuisine. On n'est jamais si bien servi que par soi-même…

Belmondo refusa de travailler à Hollywood de peur que Paris ne finisse par lui manquer. Sur le tournage du *Casse*, à Athènes, constatant que toute l'équipe se plaignait de manger de la féta à tous les repas, il organisa des « charters de camemberts » depuis la France !

*

C'est probablement parce que tous ces messieurs étaient profondément attachés à une certaine qualité culinaire qu'une scène comme celle de la cuisine des *Tontons flingueurs* est devenue si célèbre. Tout s'y retrouve : des individus disant tout et n'importe quoi autour d'une table, une ambiance de fin de banquet, et ces mêmes gars en train de préparer des sandwichs, ce qui ajoute une touche d'incongruité car le spectateur les sait, ou les sent, amateurs de bonne chère. Ce décalage allié aux mots d'Audiard transcendés par le jeu des comédiens transforma cette scène en un symbole parfait de ce qui unissait la « bande à Gabin »... même si Jean n'y participait pas !

« C'était sacro-saint, la table, conclut Ventura. On était, il faut bien le dire, une bande de goinfres. Partout où on passait, on laissait un souvenir... Mais quand on était entre copains, c'était formidable : on découvrait un Gabin que personne ne connaissait... C'était comme une communion, quand on était à table. »

Rencontres au sommet

Affronter Jean Gabin pour la première fois s'apparentait à une course d'obstacles. Catégorie steeple-chase : approcher sans mouvement brusque, franchir le mur, qui paraissait de marbre, sauter la rivière glaciale sans jamais perdre ni son souffle ni son sourire. En cas de victoire brillait l'espoir de pouvoir trottiner en compagnie du vieux cheval de retour.

Pierre Louis jouait un inspecteur dans *Razzia sur la chnouf*. Face à lui : Jean Gabin.

« À ce monstre sacré, on plaisait ou on ne plaisait pas, écrivit-il. Il était parfaitement inutile d'esquisser un brin de cour, de faire assaut de flagornerie, de multiplier les attentions pour obtenir ses faveurs. "Tout ou rien". À cette devise se limitait son choix éclairé et définitif. L'examen de passage excédait rarement vingt-quatre heures et selon la façon dont il vous accueillait le lendemain, vous étiez fixé sur votre sort : accepté ou rejeté. Prévenu de ce jugement sans appel, je ne fis aucun effort pour lui plaire et je ne fus jamais adopté. »

Délit de faciès ? Chien de race capable de renifler les humeurs ? Sorcier lisant à travers les âmes ? Les estimations de Jean variaient peu. Rapides et définitives.

Lino Ventura n'agissait pas différemment, comme le souligne Françoise Fabian :

« Lino avait ses têtes. Il me faisait penser à Gabin. Ou il avait des sympathies formidables et alors il n'y avait aucun problème avec lui, c'était quelqu'un de très coopératif, très doux, très gentil, très amusant. Ou alors les gens ne lui plaisaient pas et il les ignorait. Il sentait les gens ou il ne les sentait pas. »

*

Tous les futurs amis de Gabin subirent cette réfrigérante expérience de la première rencontre. La plupart réussirent avec félicitations du jury, c'est-à-dire de l'intéressé lui-même.

Michel Audiard, alors jeune scénariste plein d'avenir et de formules chocs, aborda sa sainteté avec son arme favorite : les mots. À ce jeu-là il était imbattable. Surtout quand ces mots étaient couchés sur le papier.

À l'époque de *Gas-Oil*, le cinéaste Gilles Grangier cherchait un dialoguiste. Il pensa à Michel, dont les textes faisaient déjà sourire.

« Si c'est un de tes potes, ça va être beau », lui rétorqua Jean, un rien méfiant.

D'autant que le pote en question était également le beau-frère du producteur. Ça puait le favoritisme, la magouille, l'incompétence. Le petit protégé que l'on place là parce qu'il a échoué partout ailleurs. Rien de tel pour attiser la méfiance du lion ; parfois, sa colère. Gilles ne se démonta pas et commanda quelques pages de dialogues à Audiard. Qui s'acquitta avec le talent que d'aucuns lui connaissaient déjà. Écrit noir sur blanc, le fruit de ses cogitations fut transmis au patriarche. La cigarette au coin des lèvres, Jean lut la dizaine de feuillets. Grangier attendait la pique perfide. Verdict :

« C'est un cadeau, ton mec. »

Porté par cette flatteuse appréciation, Michel Audiard arriva en confiance au premier rendez-vous. Cadre : la Brasserie alsacienne à Paris. Serrement de pognes, choix des plats, puis les deux hommes embrayèrent directement sur le vélo et surent qu'ils n'allaient pas se quitter de sitôt. Résultat des courses : dix-neuf films en commun…

Belmondo dut à sa légendaire décontraction de convaincre son redoutable aîné. Drivé par Henri Verneuil, qui jouait une carte majeure, il surmonta son trac pour séduire le futur singe. Gabin comprit au premier coup d'œil que, sous ses fausses allures de titi gouailleur, ce prétendant n'avait rien d'un produit formaté par la nouvelle génération. Pas le style à jeter aux orties les travaux des aînés. Au contraire, il se montrait admiratif de comédiens de la trempe de Jules Berry, Michel Simon, Pierre Brasseur. Gabin occupait lui aussi une place de choix dans son panthéon personnel. De la bonne graine, se dit le bougon. Qui finit par en faire son compagnon de jeux… Ils ne tournèrent qu'un film ensemble mais s'entendirent comme larrons en foire durant la totalité du tournage.

Alain Delon rencontra Gabin peu de temps après son ami et faussement rival Belmondo. Il avait fait le forcing pour intégrer le générique de *Mélodie en sous-sol*. Le producteur Jacques Bar avait donné son feu vert mais à la condition *sine qua non* que Gabin n'oppose pas son veto. D'où une confrontation dans les bureaux de la production. Alain jouait presque sa carrière. Si « le Vieux » l'envoyait black-bouler, cela se saurait dans la profession et ce jeune loup risquait de finir dans une bergerie de second ordre. Atout majeur : comme Jean-Paul, Alain vouait une admiration sans bornes à Gabin, qui l'intimidait.

En décembre 1961, la jeune vedette du *Guépard* débarqua dans le bureau de la production. S'y trouvait déjà Gabin entouré de quelques fidèles, à savoir Henri Verneuil et Michel Audiard. Le premier s'apprêtait à réaliser le futur hold-up cannois, le second à le dialoguer. Ça frisait la cour de justice. Le juge et ses deux assesseurs. Le bourreau et ses deux assistants. Delon n'avait d'autre choix que de se lancer dans la bataille.

À peine franchi le seuil de la porte, il fut cueilli : Jean Gabin se leva pour lui tendre la main. Pas dans ses habitudes.

« Bonjour monsieur, dit poliment le cadet.

– Bonjour monsieur », lui répondit l'ancien.

Les témoins furent au moins autant surpris que le jeune comédien. Un déclic s'était produit. Au premier coup d'œil. La démarche, l'allure, le sourire… quelque chose dans le jeune homme avait provoqué la réaction spontanée de l'aîné. Comme l'expliqua

Delon plus tard : « Il m'a tout de suite adopté. » Et pour longtemps !

« J'ai toujours été amoureux et respectueux des hiérarchies de ce métier, précise Alain. Le simple fait qu'un homme comme Jean Gabin se soit levé pour me dire "Bonjour monsieur" et me serrer la main m'a laissé pétrifié sur place. D'autant que j'en avais plein la vue de cet homme qui, l'année de ma naissance, avait déjà tourné *Pépé le Moko*. »

Une décennie auparavant, Lino Ventura dut forcer les choses. Ce qui aurait pu avoir des conséquences catastrophiques. Il faut dire que, contrairement aux deux jeunots, il ne possédait pas la moindre notoriété au sein du septième art pour la bonne raison que, quand il arriva sur le plateau de *Touchez pas au grisbi*, il jouait pour la première fois au cinéma.

On n'attend pas d'un second rôle qu'il ait des exigences. Surtout quand elles concernent le sieur Gabin. Mais c'était mal connaître Lino, son caractère entier et « sa petite tête de Parmesan », comme il aimait se présenter. Tout juste arrivé, avant même de se préparer pour sa première scène, il demanda à voir Gabin. Impossible, lui répondit-on. Phrase à ne jamais prononcer devant Ventura. Surtout que, ce jour-là, il était un rien tendu. Une grenade prête à exploser.

« J'avais un ami, Emmanuel Casutto, qui était coproducteur du film, ce que je ne savais absolument pas, et il a donné mon adresse à Jacques Becker, racontera Lino. Becker est venu chez moi et deux minutes après, il m'a dit : "Il faut que vous fassiez le film !"

« Je suis donc arrivé sur le plateau pour la première fois de ma vie, avec une espèce de préjugé que je n'arrive pas, encore aujourd'hui, à très bien analyser. J'étais un petit peu toutes griffes dehors ; je ne sais pas pourquoi, d'ailleurs. J'avais l'idée que le premier qui m'emmerderait je lui casserais la tête... Et je suis arrivé avec mes petites valises aux studios de Boulogne. Aussitôt arrivé, j'ai demandé à voir monsieur Gabin immédiatement, alors que je ne le connaissais même pas. Et on m'a dit : "Vous le verrez tout à l'heure !"

« J'ai répondu : "Non, non, je veux le voir tout de suite !"

« Comme personne ne me répondait, j'ai demandé où était la loge de Gabin. On me disait : "Quelque part par là..." Mais personne ne voulait m'y emmener... Et puis, finalement, je suis tombé sur un type qui était sans doute plus inconscient que les autres. Il s'agissait de Jean Becker, le fils de Jacques, qui était stagiaire sur le film. Lui m'a amené jusqu'à la loge de Gabin... Là, j'ai frappé et je suis entré. Gabin était occupé dans la pièce à côté. Son habilleuse m'a fait entrer et Gabin a demandé :

"Qui est-ce ?

– C'est un monsieur qui veut vous voir : monsieur Ventura !"

« Moi, je ne l'avais jamais vu. Lui avait vu les essais que j'avais faits. Il est arrivé vers moi, il m'a tendu la main et il m'a dit exactement cela :

"Ça va ?

– Oui, ça va.

– Alors, à tout à l'heure.

– Oui, c'est cela, à tout à l'heure…"

« Il a compris tout de suite pourquoi je voulais le voir. Il n'a pas demandé pourquoi je voulais le voir. Et c'est pour cela que j'ai fait du cinéma. Sinon, je crois que je serais parti… »

L'amitié entre les deux hommes naquit ce jour-là et ne s'éteignit qu'avec la mort de Gabin.

Ce que Lino apprit par la suite, c'est qu'il n'était plus tout à fait un inconnu lorsqu'il entra dans la loge de Jean.

« J'avais vu l'essai qu'il avait fait et j'avais trouvé cet essai extraordinaire, confia Gabin ultérieurement. Je trouvais qu'il avait une présence terrible, une personnalité terrible. Becker me l'a montré à la projection et je lui ai demandé :

"Mais où as-tu été dénicher ce gars-là ?

– C'est un catcheur !" qu'il me répond.

« Je lui dis : "Eh ben mon vieux, il a une drôle de personnalité !"

« C'est comme ça que Lino a commencé à faire du cinéma. Et, depuis, nous sommes restés, je pense, de très grands amis. »

Ventura voua un véritable culte à Gabin…

*

Jean-Claude Brialy fit la connaissance du monstre sacré alors que celui-ci tournait *Verdict*. Il y incarnait un juge. Inquiétante coïncidence quand on sait que l'on va affronter son regard.

Brialy connaissait l'habilleuse de Jean et, grâce à elle, lui fut présenté. Ce fut bref, très bref.

« Il leva à peine les yeux, rapporta Jean-Claude. J'avais l'impression de dire bonjour à Toutankhamon ! On aurait dit qu'il s'ennuyait, qu'il s'ennuyait sur sa chaise, qu'il s'ennuyait en me disant bonjour… »

Brialy fila fissa et dut attendre *L'Année sainte*, dernier film de Gabin, pour entretenir des relations nettement plus chaleureuses avec le susdit…

*

Le cas des femmes – et, surtout, des jeunes femmes – fut sensiblement différent. Difficile pour elles de miser sur le côté « amitié virile » comme le firent Delon, Belmondo, Ventura, Pousse et consorts. Impossible de compter sur la « séduction féminine », Jean étant « rangé des voitures » depuis son mariage. Mettre ses attributs féminins en avant, c'était s'exposer à ce genre de répliques imaginées par Audiard pour *Le Sang à la tête* :

« Quand je reviendrai, je veux trouver toutes les choses à leur place : le tableau dans son cadre et vous dans votre blouse. Pourquoi croyez-vous que je vous paye ?

– Pour m'occuper des enfants.

– Nous sommes d'accord ; pas pour vous en faire faire un ! »

En clair, il fallait être forte pour appartenir au sexe faible et oser affronter Gabin. Michèle Mercier en fit l'amère expérience. Alors que son agent lui déconseillait de jouer *Tonnerre de Dieu*, qui fit un triomphe, elle accepta la proposition du producteur Maurice Jacquin.

L'idée de rencontrer Jean la terrorisait.

« Le monument du cinéma qu'il était, n'en déplaise à ses détracteurs, me paralysait, rapportat-elle, et, le jour de notre première rencontre, je bus même un petit verre d'alcool pour me donner du cœur à l'ouvrage. Un petit verre et un second. »

Fort heureusement, le charme naturel de la comédienne agit ainsi que, plus tard, son talent de comédienne. Au point que Gabin finit par s'écrier :

« La môme Mercier, c'est une vraie de vrai ! »

Dany Carrel eut moins de chance lorsqu'elle se présenta pour *Des gens sans importance,* réalisé par Henri Verneuil. Elle n'y tenait qu'un rôle secondaire – celui de la fille aînée du routier interprété par Gabin –, le premier rôle féminin étant joué par Françoise Arnoul. Ceci explique pourquoi Dany ne fut pas présentée à l'acteur avant le début du tournage. Elle fit sa connaissance le jour où l'on filmait une scène de bal. L'ambiance ne fut pourtant ni aux cotillons ni aux langues de belles-mères. Dany rapporta dans ses Mémoires :

« La prise de vue terminée, l'assistant me présenta à Gabin :

"Voici Dany Carrel, qui joue le rôle de votre fille.

– Oui ! Bonjour !" me dit-il en bougonnant, l'œil méchant, l'air renfrogné.

« Et il partit aussitôt.

« Jamais aucun acteur, même le plus difficile, ne m'avait traitée de la sorte. J'étais furieuse. Quelle différence avec Gérard Philipe, tout prêt à m'aider ! Vraiment, quel ogre, ce Gabin ! Et je me mis à le haïr : "Mais ce n'est pas possible ! Il sait bien que je suis une débutante. Il doit bien se douter qu'une fille de mon âge ne peut qu'être impressionnée de travailler avec un homme d'une telle trempe ! Il sait bien que j'ai une scène importante, difficile à jouer, avec lui !…" Ma colère ne cessait de monter. Je m'imaginais que, peut-être, il avait vu mes essais et qu'il n'avait pas aimé ma façon de jouer… En somme, je me faisais tout le "cinéma" qu'une jeune actrice peut se faire lorsqu'elle sent le moindre grincement. Je passais en revue tous les motifs susceptibles de justifier une telle attitude. Mais je ne décolérais pas : quelle vache, cet homme-là ! Jamais je n'aurais pu imaginer qu'il fût mufle à ce point ! »

Le hic est que cela ne s'arrangea pas. Dany devait jouer une scène durant laquelle elle affrontait avec hargne son père qu'elle soupçonnait de tromper sa mère. Authentique bataille rangée. Gabin ne fit rien pour lui faciliter la tâche. Ce qui n'empêcha pas la scène d'être mise en boîte avec brio. Intriguée, la jeune comédienne se posa des questions :

« Je me suis toujours interrogée sur la façon dont Gabin m'avait accueillie lors de notre première rencontre. A-t-il eu cette attitude pour m'aider à jouer ? S'est-il dit : "Cette môme-là ne va jamais oser m'engueuler en face. Si elle me hait, sa violence s'exprimera tout naturellement" ? Je n'ai jamais osé l'interroger. »

Dany Carrel penche pour cette interprétation, qui transforme le vieux bougon en grand professionnel. S'il ne l'avait pas appréciée, Jean n'aurait sûrement pas donné son accord pour que, douze ans plus tard, elle redevienne sa partenaire dans *Le Pacha*…

Marie-Josée Nat eut un premier contact plus attrayant. Elle aussi devait jouer la fille de Gabin, dans *Rue des Prairies*. Mais, cette fois, ce fut l'acteur lui-même qui la repéra :

« Je suis un téléspectateur assidu, expliqua-t-il, et on avait fait des essais avec plusieurs filles, une douzaine environ, mais ces essais n'étaient pas concluants. Elles manquaient de métier... On en a parlé avec Pat [Denys de La Patellière] et c'est moi qui ai eu l'idée, ayant vu la petite Marie-Josée Nat à la télévision... Je regardais la télévision, j'étais en chaussons, je dînais tranquillement, je l'ai vue dans une pièce de Crommelynck, *Sois belle et tais-toi*, et elle m'a paru très bien... Pat l'a fait venir, et puis voilà ! »

Ce que ni l'acteur ni le réalisateur ne savaient, c'était que Marie-Josée s'était déjà présentée pour les auditions de *Rue des Prairies* mais qu'elle en avait été refoulée par un assistant sous prétexte qu'elle n'était « pas du tout le personnage ».

Bien entendu, dès son premier jour de tournage, la jeune comédienne s'empressa d'aller remercier Jean.

« Tu n'as pas à me remercier, la môme, si tu n'avais pas été bonne, tu ne serais pas là. »

Rue des Prairies lança la carrière cinématographique de Marie-Josée Nat...

Mireille Darc, quasi débutante, fut témoin d'un « truc » que Gabin faisait souvent pour détendre ses partenaires.

Lors de leur première scène ensemble, pour *Monsieur*, la jeune blonde perdit pied et tomba directement dans un trou de mémoire. Le vide abyssal. « Coupez ! » Confuse, elle ne savait plus où se cacher.

« Je vous prie de m'excuser, monsieur », dit-elle à Gabin.

Jean ne dit rien. On reprit la scène. « Moteur ! » L'acteur resta sans voix. Il se tourna vers la caméra en souriant :

« Trou de mémoire », affirma-t-il.

Avec un clin d'œil à sa partenaire il ajouta :

« Ben tu vois, la môme, on est *ex aequo* ! »

La glace était rompue…

Brigitte Bardot aussi sut gré à Gabin de voler à son secours dans des circonstances comparables lors du tournage d'*En cas de malheur* :

« J'étais si perturbée que, pendant la première scène, qui se passait avec Gabin dans son bureau d'avocat, je n'arrivais pas à dire mon texte sans me tromper à chaque prise. J'étais affolée ! Autant-Lara commençait à s'énerver en triturant sa casquette, l'équipe me jaugeait, Odette me mettait de la poudre sur le nez en me chuchotant de me calmer, la tension était à son comble. C'est alors que Gabin a été extraordinaire. Sentant mon angoisse, ma timidité, mon affolement, voyant que j'étais au bord de la crise de nerfs, il a fait *exprès* de se tromper à la prise suivante. Il a bougonné alors que "ça arrivait à tout le monde" ! Il a détendu l'atmosphère, et j'ai enfin pu dire mon texte sans me tromper. Merci Gabin ! »

Annie Cordy n'eut que deux jours de tournage sur *Le Chat*, qui opposait Jean Gabin à Simone Signoret, et n'avait pas eu l'occasion de rencontrer les deux légendes avant le début des prises de vues.

« J'étais drôlement paniquée en arrivant sur le plateau, raconte-t-elle. Massif et tranquille à son habitude, Gabin était en train de déjeuner. "Tiens, v'là la môme" fut son seul commentaire en m'apercevant. J'ai tout de suite compris que mes craintes étaient inutiles, cela ne pouvait que bien se passer. Nous avons parlé music-hall, un monde d'où il venait et pour lequel il gardait un profond respect. Le respect des "saltimbanques" ainsi qu'il nous appelait. »

*

José Giovanni aborda Gabin pour lui offrir un rôle. L'encre de *Deux hommes dans la ville* à peine sèche, il se précipita du côté de Sisteron où Gabin bougonnait entre deux prises de vues de *L'Affaire Dominici*. Micheline Bonnet, son habilleuse, annonça d'entrée que monsieur Gabin ne souhaitait plus faire de cinéma. Ce qui ne découragea pas Giovanni. Jean le connaissait de réputation puisqu'il avait fait tourner Ventura (dont il était devenu un intime), Delon et Belmondo qui, tous, n'en disaient que du bien.

« Le rôle, demanda Jean, c'est pas un indien, j'espère ? »

Traduction : un truand. Il en avait un peu ras la casquette, des polars.

« Non, c'est un éducateur. »

Jean accepta, presque à contrecœur, de prendre le scénario tandis que José repartait après cette entrevue aussi courte que sans espoir. Quelques jours plus tard, l'acteur donna son accord…

Jacques Deray, futur réalisateur de *Borsalino*, n'était qu'un jeune assistant lorsqu'il croisa pour la première fois la route de la star. Film : *Gas-Oil*, réalisé par Gilles Grangier. Mission : aller chercher chaque matin Jean et le conduire sur le plateau de tournage. Pour ce faire, Deray utilisait sa voiture personnelle, une Panhard usée par le temps et les kilomètres.

Le premier jour, Gabin prit place à l'arrière après un vague bonjour. Il ne dit mot durant tout le trajet. Arrivé à bon port, il fut accueilli par son ami Grangier. Sitôt le pied par terre, Jean lança :

« Il est bien, ton petit assistant, mais il a une voiture à la con. Je me défonce le cul. »

Singeries byzantines

La quasi-totalité de la « bande à Gabin » – les proches comme les occasionnels – était soudée par un sens de l'humour à toute épreuve qui puisait sa force dévastatrice à toutes les sources, du jeu de mots au canular, et surgissait par tous temps, à toute heure. Se prendre au sérieux face à ces énergumènes était se condamner non à une mort certaine mais, au moins, à un tir groupé de railleries et de quolibets ; et parfois pire ! Pour faire court, les incapables de sourire, les rebelles à l'humour étaient illico catalogués dans la rubrique « cons » ou « emmerdeurs », la frontière entre ces deux zones restant des plus floues. Ces trublions étaient dédaignés, rejetés. Avec d'autant plus d'énergie qu'ils ne cessaient de proliférer.

« À travers les innombrables vicissitudes de la France, le pourcentage d'emmerdeurs est le seul qui n'ait jamais baissé » (*dixit* Michel Audiard dans *Une veuve en or*).

Bref, la « bande » avait la déconnante pour credo, la pique constamment au bord des lèvres, la blague toujours prête à jaillir.

*

Côté langage, ils n'avaient de leçons à recevoir de personne. La plupart avaient le sens de la formule choc. En la matière, Audiard faisait figure d'expert. S'il est entré dans la postérité, c'est parce qu'il a su manier la langue française, qu'elle fût châtiée ou teintée d'argot. L'empereur du sarcasme, le champion de la dérision. En une phrase il pouvait mettre un homme à terre plus sûrement qu'avec un coup de poing. Ce qui l'arrangeait bien, vu son physique qui l'apparentait plus à un Carmet qu'à un Ventura ou un Belmondo.

Un jour, un producteur, au comportement pour le moins singulier, lui téléphona pour une commande :

« Je voudrais vous faire faire un film, mais j'aimerais que vous ne fassiez pas du Audiard. »

Et Michel de répondre :

« D'accord ! Mais ce sera beaucoup plus cher. »

Au jeu des phrases assassines, il avait des rivaux ; amicaux, certes. Bernard Blier, Jean Gabin, André Pousse, Jean Carmet, Jean-Paul Belmondo… savaient eux aussi faire mouche. Audiard affirmait d'ailleurs que Gabin préparait ses formules chocs longtemps à l'avance, les taillant comme des flèches pour être sûr qu'elles feraient le tour du microcosme cinématographique. Ainsi celle-ci, que Jean répéta souvent sur la fin de sa vie lorsqu'il fut sommé d'expliquer pourquoi il tenait à être incinéré :

« Parce que je ne veux pas qu'on vienne m'emmerder sur ma tombe ! »

Un soir, Jean invita Lino à dîner dans sa propriété normande. Le cadet arriva à l'heure et trouva son ami avec sa tête des mauvais jours. Gabin ne s'était pas mis en frais, il n'avait aucune raison de le faire, et portait un pantalon en gros velours et une confortable veste d'intérieur. Un vrai paysan. Mauvaise humeur incluse. Lino le sentit prêt à râler sur tout et sur tous. Ce qui ne manqua pas. C'était l'époque où Gabin gardait rancœur au réalisateur Claude Autant-Lara – peu réputé pour la souplesse de son caractère, c'est le moins que l'on puisse dire –, avec lequel il avait eu des mots. Soudain, Jean changea de sujet et parla de sorcellerie. D'après lui, la région était un haut lieu de pratiques étranges mais efficaces. L'une d'elles consistait à fabriquer des poupées rudimentaires sur lesquelles on plantait un cheveu de la future victime. Comme dans la plus pure tradition vaudoue, ce qui arrivait à la poupée arriverait au propriétaire dudit cheveu. Étrangement, Gabin s'étendit longuement, très longuement sur cette coutume, y apportant de singuliers détails. Face à un Ventura qui commençait à se demander où il voulait en venir. Et plus il en parlait, plus il râlait. Agacé, Lino finit par demander :

« Et alors ?

– Alors ? Ce con d'Autant-Lara est chauve ! »

*

S'il préparait certains de ses coups, Gabin avait aussi le sens de la spontanéité. Comme en témoigna André Pousse, un jour qu'il prit le taxi en sa compagnie et en celle d'Audiard. Ils devaient se rendre rue de la Convention et le chauffeur, pour une fois prévenant, s'enquit de la route qu'ils souhaitaient emprunter. Conciliabule entre Jean et Michel, l'un préférant le pont Mirabeau et l'autre le pont de Tolbiac. On n'en vint pas aux mains mais le ton monta. Bon prince, l'acteur céda et la voiture prit la route choisie par le dialoguiste. Hélas pour ce dernier, sur le pont de Tolbiac, un semi-remorque bloqua la circulation pendant de longues minutes. Le taxi n'avançait plus. Et Gabin de lancer à son ami :

« Avec tes conneries, si le pont s'écroule on aura bonne mine ! »

Alain Delon non plus n'est pas avare de formules chocs, d'autant plus efficaces qu'elles sont spontanées. Un jour qu'Élie Semoun, son partenaire d'*Astérix aux Jeux olympiques*, s'amusait à le taquiner, faisant mine de découvrir qu'il avait joué dans *Le Guépard*, la star répondit :

« Oui, j'ai joué dans *Le Guépard*. Je donnais la réplique à Lancaster… comme tu l'as donnée à moi dans ce film ! »

*

Toute la « bande » adorait faire des blagues. Sur le tournage du *Cri du cormoran le soir au-dessus des jonques*, Audiard, Serrault, Blier et Carmet prirent pour cible la frêle et innocente Marion Game. Chaque soir, après le tournage, elle rejoignait Paul Meurisse sur une scène de théâtre. Or ce même Meurisse tenait l'un des principaux rôles dans *Le*

Cri du cormoran. Bien entendu, le quatuor fit courir le bruit que Marion était la maîtresse de Paul, ce qui était faux. Classique. Mais il alla plus loin : le soir du repas de fin de tournage, Meurisse absent, Blier en profita pour demander à haute voix à la jeune comédienne s'il était exact que Meurisse ne possédât qu'un testicule. Horreur absolue ! Le sang tomba dans les talons de miss Game. Qui ne trouva rien à répondre. Les ricanements perdurèrent… Le lendemain matin, rouge de confusion, elle appela l'intéressé pour le tenir au courant des ragots.

« Ne t'inquiète pas, je vais leur répondre », annonça Meurisse d'une voix calme.

Le soir même, au théâtre, il apporta la copie d'une lettre qu'il avait adressée à chacun des membres du quatuor :

« Messieurs, vous avez cru devoir demander à Marion Game si je n'avais qu'une couille. Cette pauvre enfant n'avait pas les moyens de répondre mais si, par contre, vous souhaitez avoir la réponse à cette question pertinente, demandez donc à vos femmes ! »

*

Au travail, Gabin limitait ses plaisanteries. Pas son style. Il préférait le calme de sa solitude. L'une, pourtant, marqua les esprits.

Mélodie en sous-sol. Plusieurs passages avaient pour cadre l'intérieur du casino du Palm Beach à Cannes. Orchestre à la clef. Censé jouer une musique entraînante sur laquelle les girls locales levaient la jambe. Tagada-tsoin-tsoin ! Après plusieurs prises, compliquées à régler en raison de la présence de nombreux figurants, Jean alla voir le chef d'orchestre, qui n'était autre que le compositeur Michel Magne. Il lui glissa dans l'oreille de jouer *La Marseillaise*, histoire de détendre l'atmosphère. Musiciens aussitôt mis dans la confidence. Au moment où Henri Verneuil lança son « Moteur ! » résonnèrent les premières notes de l'hymne national. Sur scène, les filles en furent complètement décontenancées. Belle panique. Dans la salle, les cinq cents figurants se levèrent comme un seul homme. Verneuil tenta de garder son calme mais Gabin ne put cacher son hilarité.

*

En matière de farces, l'un des champions les plus extravagants était incontestablement Jean-Paul Belmondo. Sa carrière est marquée par un nombre incalculable de blagues, de canulars, de pièges et d'au moins autant de moments de rigolade.

Durant des années l'une de ses spécialités fut le déménagement de chambres d'hôtels. Pratique aussi étonnante qu'exténuante qui consistait à sortir la totalité des meubles d'une chambre et à les cacher dans les environs (sur le trottoir, dans les couloirs ou dans une chambre voisine). But : voir la tête du quidam (le plus souvent un ami travaillant sur le film) au moment où il ouvrirait la porte… Ce jeu valut à l'acteur et à ses proches plus d'un renvoi d'établissement hôtelier. En Espagne un directeur les chassa à coups de fusil !

Comme tout jeu digne de ce nom, celui-ci possède des variantes. Dont celle d'intervertir les chambres. Encore plus compliqué et plus fatigant puisqu'il s'agit de prendre les affaires de toutes les chambres du deuxième étage, par exemple, et de les placer soigneusement dans celles du troisième étage – et vice versa, bien entendu. Les clients n'y comprenaient rien et les farceurs assistaient, goguenards, à d'étranges ballets qui les faisaient rire à gorge déployée.

« Les gens ne s'y retrouvaient plus et se demandaient à quel étage ils logeaient, d'autant que, en plus, nous avions changé les numéros des chambres, raconte Charly Koubesserian. Il ne s'agissait pas de vandalisme mais d'un chahut de galopins. »

Autre variante, dont François Périer fut la victime sur le tournage de *Stavisky* : l'armoire à glace mal placée. En pleine nuit, Jean-Paul, aidé par son maquilleur Charly Koubesserian et son frère Alain Belmondo, transporta une énorme armoire à glace qui se trouvait dans un couloir. Ils la montèrent sur deux étages, empruntant peu discrètement les escaliers, et la placèrent devant la porte de la chambre de Périer, qui logeait avec son épouse. Le meuble fut placé de telle sorte que la glace se trouvât pile devant l'embrasure de la porte, dont elle occupait tout l'espace. Une fois tout en place, les trois compères grimpèrent sur la volumineuse armoire et, muni d'un morceau de bois, Jean-Paul frappa à la porte. À trois heures du matin, François Périer se leva et demanda qui était l'intrus. N'obtenant aucune réponse, il se décida à aller ouvrir et se retrouva face à son propre reflet. Calmement, il referma la porte et retourna se coucher.

« Qui était-ce ? lui demanda sa femme.

– Ne t'inquiète pas, ce n'était que moi. »

Dehors, les trois farceurs se tenaient les côtes…

Ailleurs, dans l'espace et dans le temps : lors du tournage des *Mariés de l'an II* en Roumanie. Jean-Paul, Charly et Mario David ne se contentèrent pas de jouer à la pétanque dans les couloirs de l'hôtel, ils enfermèrent un couple de jeunes mariés dans sa chambre, dont ils cachèrent la clef dans celle de l'acteur Patrick Préjean. Belmondo avait constaté que l'hôtel ne possédait ni double ni passe-partout, d'où cette farce. Le lendemain, tôt, l'équipe partit sur les lieux de tournage. Le couple, lui, fit un ramdam pour être libéré de sa chambre. Branle-bas de combat dans l'hôtel. Heureusement, la clef salvatrice fut retrouvée par une femme de ménage…

Le soir, à peine mettait-il les pieds dans l'établissement que Préjean fut pris à partie par le directeur de l'hôtel. Qui le menaça d'expulsion. Belmondo intervint. Et demanda un résumé de la situation. Il sut conserver son sérieux. Avec un colossal aplomb, il expliqua que Préjean ne pouvait être le coupable : il faudrait être idiot pour enfermer quelqu'un et garder la clef dans sa propre chambre. Préjean était forcément une victime. Le vrai coupable devait être cherché ailleurs. Mais où ? Le directeur n'eut jamais la réponse…

Autre niche : lors des prises de vues de *La Scoumoune*. L'équipe logeait dans un petit hôtel tranquille sur la Côte d'Azur. L'une des premières choses que firent Belmondo et son équipe de déménageurs fut de vider *toutes* les chambres et de placer les meubles dans les couloirs. Un beau charivari !…

Ils ne s'arrêtèrent pas en si bon chemin. Un soir, sachant qu'un technicien avait un rendez-vous galant, ils pénétrèrent dans sa chambre et enlevèrent à nouveau tous les meubles. Pour fignoler le gag, ils placèrent un pot de chambre au beau milieu de la pièce. Lorsque, tard dans la nuit, le monsieur entra la dame à son bras, avec l'évidente envie de consommer, il fut bien marri…

Plus tard, Jean-Paul et Charly transportèrent nuitamment le lit de Paulette Breil, la maquilleuse de Belmondo, qui avait le sommeil très lourd, dans le couloir. Le lendemain, elle se réveilla au milieu des clients !…

Retour aux *Mariés de l'an II*. La présence d'une star de l'ampleur de Belmondo en Roumanie éveilla l'intérêt des dirigeants. Des acteurs et divers membres de l'équipe furent conviés à un mariage auquel assistait Elena Ceausescu, épouse du peu amène chef de l'État. En pleine cérémonie, un officiel s'approcha des Français pour leur demander de prononcer un discours. Belmondo se défaussa et la mission tomba sur les épaules, pourtant larges, de son ami l'acteur Mario David. Ne sachant que dire mais connaissant l'amour de la langue française chez les Roumains, il improvisa un discours… incompréhensible ! L'assistance relevait par-ci par-là des mots connus mais ne pouvait saisir la moindre phrase. À la fin de cette courte tentative, Mario David, pris d'inspiration, cria un « Viva la Francia ! » qui fut largement applaudi. Suivirent des « Viva Roumania ! » et enfin des « Viva Belmondo ! » qui mirent la foule en joie.

« Les gens m'ont acclamé pendant que Jean-Paul était écroulé de rire, rapporta-t-il. Mais, quand il a fallu danser des danses roumaines, nous sommes partis ! »

Du tournage des *Tribulations d'un Chinois en Chine*, Darry Cowl garda surtout le souvenir de longues parties de rigolades et de défis lancés à tout bout de champ par Philippe de Broca et ses comédiens.

Un soir qu'ils se trouvaient dans une boîte de nuit de Hong Kong, le cinéaste défia Belmondo de monter sur scène et de peloter la chanteuse maison durant son tour de chant. Aussitôt dit, aussitôt fait.

« Jean-Paul saute sur la scène puis sur la chanteuse, raconta Darry, la tripote dans tous les sens jusqu'à lui arracher des cris de chatte ébouillantée puis revient vers nous en souriant, alors que sur les planches la prima donna locale reste figée, souffle coupé, entre larmes et fou rire. »

Un classique du canular consistait à faire croire à un monsieur qu'une dame, en général jeune et ravissante, était attirée par son charme. Illico le paon se transformait en coq de basse-cour et se précipitait sur la proie avec un manque de délicatesse qui ne faisait qu'empirer le fiasco. Le tout sous l'œil d'observateurs avisés. Et ricanants ! Une fois, la bande à Belmondo poussa un peu plus loin le bouchon. Les amis affirmèrent à un réalisateur qu'une splendide comédienne, en tournée théâtrale dans la ville, se pâmait d'admiration pour lui. Une rencontre fut organisée dare-dare. Étonnamment, la donzelle, loin de vouloir s'envoler, confirma les dires des joyeux drilles. Le monsieur n'en pouvait plus. Sa cour devint plus qu'empressée. Ça tournait au loup de Tex Avery. Il fallut le calmer au moment où il demanda la créature en mariage. Les plaisantins lui expliquèrent qu'il s'agissait d'une call-girl !…

*

Autre inconditionnel de la facétie : Jean Carmet. Lui ajoutait une particularité à une gamme déjà riche : il n'était jamais sérieux. Sauf au travail, et encore. Mais en interview ou dans la vie, il supportait difficilement de rester papal plus de cinq minutes. Ainsi, quand on lui demanda s'il accepterait de tourner dans un film porno, il répondit :

« Oui, mais s'il contient un arrière-plan mystique ! »

Carmet avait un sens aigu de l'absurde et de la phrase idiote, qu'il prononçait sur un ton d'une gravité digne d'Alain Cuny. Il avait d'ailleurs débuté avec des inepties du genre :

« Il y en a qui, tous les matins, se lèvent à la même heure. Moi un jour c'est huit heures moins le quart, le lendemain huit heures moins dix. Il n'y a pas de règle. »

Avec son ami et complice Michel Audiard, qu'il avait connu à ses débuts, il faisait feu de tout bois et, surtout, se bagarrait à qui mieux mieux sur le terrain de la mauvaise foi. Comme le disait Carmet : « C'est le roi de la mauvaise foi, il l'a instituée comme un des beaux-arts... Mais la mauvaise foi d'Audiard, c'est sa pudeur. »

Ami de Jean Carmet, le cinéaste Yves Boisset fit la connaissance de Michel grâce à lui. Autour d'une table. Comment aurait-il pu en être autrement ? Un dîner quasi surréaliste. Jean et Michel avaient décidé de régler leurs comptes. N'étant pas hommes à en venir aux mains, ils s'accusèrent mutuellement des pires ignominies. Leur imagination débordante et leur sens de la formule leur fournirent des munitions jusque tard dans la nuit. Quand le stock vint à manquer, ils s'inquiétèrent. Que faire ? Changer de cible ! Les deux amis de réunir leurs forces pour casser du sucre sur le dos de Boisset qui fut bien en peine de se défendre face à un tel déploiement de mauvaise foi...

Le dimanche était souvent réservé au vélo pour les deux potes. Après un périple insensé, Jean rejoignait son complice en sa maison de Dourdan. De là, ils prenaient la route, s'accordant moult haltes. L'une les vit entrer chez Marcelline Lenoir, alors agent de Carmet. Une arrière-pensée les avait conduits en ce lieu.

« Tiens, Marcelline va te faire goûter son sancerre, tu verras, il est unique », annonça le comédien.

C'était l'été. Il faisait chaud. Marcelline leur proposa la terrasse et leur apporta une bouteille bien fraîche. Dont le contenu parut s'évaporer sous la chaleur. Les deux cyclistes du dimanche improvisèrent un véritable sketch. Vidant verre après verre, ils se regardaient en s'interrogeant sur le « mystère ». Lequel ? Celui de ce vin censé avoir un goût unique.

« Tu le sens, toi ?

– Non, non, je ne vois pas… je cherche… »

La première bouteille vidée, une deuxième subit le même sort. À la fin de la troisième, ils n'avaient toujours pas percé ce fameux mystère et choisirent de renoncer. Ils reprirent leur périple vélocipédique. Sous l'œil de Marcelline Lenoir.

« Un peu inquiète, je les ai regardés partir, dit-elle, mais l'un comme l'autre tenaient remarquablement l'alcool. »

Bien malgré lui, Jean Carmet fut à l'origine de la soudaine abstinence de son ami Michel.

« Nous avons passé un dimanche avec Jean à Dourdan, narra le dialoguiste. Il y a eu le déjeuner… On a parlé de Rimbaud. On a failli partir à Charleville… on voulait détruire le monument de Rimbaud… Bref : bonne ambiance. Le soir, ma femme a remis le couvert… et on n'avait pas quitté la table !… Le lendemain, quand j'ai vu les cadavres de bouteilles alignés dans la cuisine, j'ai été épouvanté ! Et j'ai arrêté du jour au lendemain… Certains prétendent que, depuis, je suis un peu diminué cérébralement mais ce sont des légendes. »

La grande, et surprenante, spécialité de Jean Carmet était la chasse aux cons. Une vraie chasse. Avec trophées à l'appui. Sous forme de boutons. Oui, des boutons de cons !

Première étape : les traquer. Terrain de chasse idéal : les bistrots. Armé de son seul courage, Jean s'aventurait en ces lieux dangereux et surveillait la faune. Œil aux aguets, oreilles tendues, il guettait sa proie. Le con idéal. Le vrai. Le beau.

Deuxième étape : l'approche. Une fois repéré, le spécimen était rejoint avec force précautions. Ne pas l'affoler. Ne pas risquer de le faire fuir, ni de le mettre sur la défensive. Jean arrivait à pas feutrés avant de lancer à bonne distance un « bonjour ! » destiné à attirer l'attention du con sans éveiller le moindre soupçon. L'humeur du con est volatile, ses réactions imprévisibles.

Troisième étape : le piéger. En dépit de son lourd handicap, le con sent quand on se moque de lui. Jean se devait de le rassurer. Dès le premier contact. D'où une conversation si anodine qu'elle en devenait accablante. Sujet idéal : la météo. Bien ferré, le con se détend. Et Carmet savait y faire. Cela pouvait prendre du temps. La patience est une des vertus du chasseur de cons.

Quatrième étape : la prise. Jean, devenu quasi intime, finissait par entrer en contact physique avec le con. Rien de violent. Encore moins vicieux. Tout amical. Il posait la main sur sa manche. Du calme, tout va bien… Soudain, au moment décisif, il arrachait un bouton d'un coup sec. Pas facile, car la plupart ne cèdent pas. Ils donnent l'impression d'être prêts à tomber mais sont encore solidement attachés. Il faut tirer fort. Ce qui intrigue le con. Mais Jean ne lâchait jamais sa prise. Une fois ses doigts refermés sur le bouton, il tirait, tirait, tirait… Certains cons espéraient s'en sortir par une peu subtile marche arrière. Cruelle erreur : Jean les poursuivait et tirait de plus en plus fort. Enfin le bouton cédait. Victoire ! Mais crainte de la réaction du con.

Cinquième étape : la fuite. Surtout ne pas rester sur le terrain. Le con peut se révéler vindicatif. Et appeler ses congénères à la rescousse. Une meute assoiffée de sang, ou, à défaut, d'explications... Ne pas lui laisser le temps de réagir. Une fois le bouton dans sa poche, Carmet prenait la poudre d'escampette. « Salut la compagnie ! », et le voilà dehors. Vainqueur. Heureux.

C'est ainsi qu'il se constitua une belle collection de boutons de cons. Si belle qu'il pouvait parler de chacun de ses trophées avec des trémolos dans la voix et des larmes dans les yeux. Chaque chasse était unique. Que de souvenirs !...

*

Bernard Blier s'imposa comme l'un des rois du canular téléphonique. Surtout dans sa jeunesse, époque où l'on se méfiait moins de cette drôle de machine qu'est le téléphone.

Ami et ancien élève de Louis Jouvet, il l'imitait à la perfection. Une de ses blagues favorites consistait à appeler un comédien sur le coup de deux heures du matin. Voix du « patron » (comme on appelait Jouvet) : « Allô, c'est toi ? Dis donc, vieux, ici c'est Louis Jouvet... Tu as déjà joué les classiques ? Est-ce que ça t'intéresserait de jouer *Tartuffe* avec moi ? »

La victime, encore dans les brumes du sommeil, ne pouvait s'étonner, Jouvet ayant l'habitude de travailler jour et nuit. Elle balbutiait un vague : « Oui, bien sûr… »

Blier enfonçait le clou : « Alors, dis-moi quelque chose de *Tartuffe*. Tu sais bien quelques vers ? »

« Et, à deux heures du matin, racontait Blier en riant, le gars partait dans sa tirade !… C'était très méchant. Je l'ai raconté à Jouvet qui m'a engueulé comme ce n'est pas permis. »

Selon Bernard, le canular était encore plus drôle quand il était spontané. Nécessité d'avoir l'esprit vif et le sens de la repartie. Deux qualités qu'il possédait mieux que personne.

« Je trouve que le canular téléphonique est très amusant quand il n'est pas provoqué, disait-il. Je m'explique : si par hasard on vous téléphone et qu'on se trompe de numéro, ne dites jamais "Vous vous êtes trompé de numéro." Dites : "Oui, c'est ici." Il faut en profiter tout de suite… Moi j'ai eu, un jour, l'histoire d'un monsieur qui m'a téléphoné en me disant :

"Je suis bien chez M. Untel, antiquaire ?"

« J'ai dit oui, naturellement. Il me répond :

"J'ai réfléchi, le cartel Renaissance que je voulais vous acheter, tout à l'heure, je vous ai dit qu'il était trop cher, j'ai changé d'avis, je vais l'acheter."

« Je lui réponds :

"Mais, monsieur, il fallait prendre une décision tout de suite. Ce cartel Renaissance intéresse quelqu'un d'autre… Et puis vous avez une trop sale gueule pour que je vous le vende."

« Là, c'est merveilleux. »

*

La blague dont Blier fut le plus fier eut pour cadre l'Italie à l'occasion du tournage de *Carmen*, en pleine Seconde Guerre mondiale. Il la narra par le menu :

« Figurez-vous que j'ai réussi à faire se battre deux villages. Nous logions chez l'habitant dans un village et nous tournions dans un autre distant de quatre kilomètres. Les habitants des deux villages se détestaient depuis des centaines d'années, ce qui a bien facilité ma tâche. Un jour, on propose à la fille de ma logeuse d'être la doublure de Viviane Romance, la vedette du film, et de porter sa robe. Mais, finalement, c'est une fille de l'autre village qui est engagée. Cela aurait pu se passer sans incident, mais moi, j'ai cavalé jusqu'au premier village et j'ai dit : "Vous vous rendez compte de l'affront qu'on vous a fait ?" Résultat : deux heures plus tard, les habitants du premier village se ruaient chez leurs ennemis héréditaires avec des fourches et l'on a assisté à une vraie bataille rangée ! Il a fallu faire venir les carabiniers et le tournage a été interrompu pendant trois jours ! »

Va y avoir du sport

S'il y eut un ciment qui unit la « bande à Gabin »,
ce fut bien le sport. Jean en fut toujours fervent
amateur, dans tous les sens du terme.

Dans sa jeunesse, il avait pratiqué beaucoup le
football. Plus tard, en 1937, il avait intégré une
équipe composée de célébrités issues du cinéma, du
théâtre et du sport parmi lesquelles ses amis comédiens Albert Préjean et René Lefèvre mais aussi le
champion du monde de boxe catégorie poids moyen
Marcel Thil. Jean occupait un poste d'attaquant.
Bon joueur mais un peu timoré aux dires des observateurs : il redoutait le contact physique.

« On va me casser une patte ! » se justifiait-il.

Accident qui aurait perturbé sa carrière cinématographique. Il participa tout de même à un match
amical contre l'Olympique de Marseille.

Quand il rencontra Belmondo, ils parlèrent énormément football. Jean-Paul chérissait cette discipline, ce qui l'amena, en 1973, à contribuer à la
naissance du nouveau PSG en compagnie de Daniel
Hechter, Charles Talar, Alain Cayzac, Bernard
Brochand et Francis Borelli. Il jouait aussi en

amateur et était considéré comme un redoutable gardien. Au contraire de son aîné, il prenait des risques insensés, ce qui, dans une certaine mesure, confirmait son goût pour la cascade. Il avait l'œil partout et stoppait les tirs les plus dangereux par des sauts qui tenaient autant de la cabriole que de l'exploit sportif.

Sur les plages de Normandie, où se tournait *Un singe en hiver*, il ne cessa d'improviser des petits matchs avec des techniciens. Plus d'une fois, Jean descendit sur le sable pour taper dans le ballon et ne fut pas peu fier de loger quelques tirs dans la cage défendue par son partenaire.

*

Il est un autre domaine qui les rapprocha : la boxe. Avec une idole commune : Marcel Cerdan. À l'âge de 15 ans, Jean-Paul vit « le bombardier marocain » au palais des Sports combattre un boxeur italien du nom de Giovanni Manca, lequel fut expédié au tapis dès le deuxième round.

« C'est sa puissance et sa vitesse d'exécution qui m'ont étonné le plus, remarque Belmondo. Il était très rapide des bras et, en même temps, j'ai été frappé par sa force. Il y a beaucoup de boxeurs qui sont très puissants mais, souvent, ils sont lents. Cerdan avait les deux : la puissance et la vitesse. Il avait une frappe très lourde qui faisait très mal. Je crois que beaucoup de ses adversaires ont eu du mal à reboxer après l'avoir combattu. C'était vraiment un bombardement quand il tapait. »

Quelques mois plus tard, le 21 septembre 1948, l'adolescent suivit avec passion le championnat du monde des poids moyens opposant Cerdan à l'Américain Tony Zale. Retransmis par la radio, en direct du Roosevelt Stadium de Jersey City (États-Unis).

« Le jour où il s'est retrouvé face à Zale, nous attendions tous, raconte l'acteur. Moi, j'habitais chez mes parents à Denfert-Rochereau et toutes les radios étaient branchées. Personne ne dormait. C'était à deux heures du matin. Et au moment où Zale est tombé, j'ai le souvenir de tout l'immeuble qui a tremblé parce que tout le monde s'est levé et a crié "hourra" ! »

Cette même nuit, à quelques kilomètres de là, un autre adolescent avait l'oreille collée sur le poste de radio. Il se nommait Alain Delon…

La différence avec Gabin est que ce dernier avait personnellement connu Cerdan. En 1949, à Paris, ils avaient même assisté côte à côte au match Jean Stock-Marcel Belloise.

Quand Jean-Paul et Jean se côtoyèrent sous l'égide d'un singe hivernal, l'aîné ne manqua pas une occasion de ramener son passé dans la conversation.

« On passait du football au vélo puis à la boxe, raconte Audiard. Bebel parlait des boxeurs qu'il connaissait et Gabin lui répondait : "Si tu avais connu Carpentier !", et on remontait à la guerre de Cent Ans ! Je peux vous dire que les séances de radotage, ça nous menait tard le soir ! »

Alain Delon, fasciné par Cerdan, ne le vit qu'une

fois, alors qu'il n'était qu'un gamin, en 1946, au Parc des Princes contre Robert Charron.

« J'ai beaucoup plus connu Cerdan par la presse de l'époque que pour l'avoir vu, admet Delon, mais j'avais une passion pour lui, comme tous les jeunes de l'époque. »

Si Jean Gabin ne cessa jamais d'apprécier le noble art – il eut même un beau-frère ancien champion de France poids plume –, Jean-Paul et Alain s'y investirent nettement plus.

Dès le lendemain de la victoire de Cerdan contre Zale, Belmondo s'inscrivit dans une salle de boxe, l'Avia Club de la porte Saint-Martin, dans l'espoir de faire carrière sur les rings. Là, il fit la connaissance de Maurice Auzel, futur champion de France, avec lequel il se lia d'amitié et qu'il finit par entraîner dans son sillage cinématographique. Au fil des années, Jean-Paul acquit souplesse et musculation. Il avait les qualités d'un vrai boxeur, dont un jeu de jambes fluide, une bonne droite et un excellent sens de l'observation. De plus, ce sport lui forgea le caractère.

« La boxe m'a donné ce côté hargneux dans la vie, déclara-t-il en 1961, c'est-à-dire ne pas se laisser démonter quand ça va mal. Dans un ring, la hargne, c'est la volonté de gagner et, dans la vie, c'est s'accrocher quand ça va mal et, quand on est un peu désespéré, ne pas s'écouter et continuer à lutter. J'ai appris ça avec la boxe. »

Il disputa neuf combats en amateur (quatre victoires, quatre défaites et un match nul). Pourtant, le 26 septembre 1950, après avoir affronté Ben Yaya, il comprit qu'il n'avait pas d'avenir dans ce sport à hauts risques. Il renonça à sa carrière mais non à l'entraînement et continua d'enfiler les gants durant bien des années. De plus, en tant que spectateur, il fréquentait assidûment les salles parisiennes, où il lui arrivait de croiser un autre mordu : Alain Delon.

Lui aussi entra dans la coulisse mais d'une autre manière : en organisant de grands combats de boxe. Il mit notamment au point le championnat du monde des poids moyens opposant, le 29 septembre 1973, l'Argentin Carlos Monzon au Français Jean-Claude Bouttier. Lieu : stade Roland-Garros. Coût de l'opération : 1,7 million de francs, somme colossale.

« J'aime les paris, j'aime les défis, j'aime la nouveauté, expliqua-t-il alors. Cette organisation, en fait, n'est pas plus difficile à monter qu'une production, avec cette différence que tout se joue sur un seul soir. Imaginez un spectacle gigantesque organisé pour le seul soir de la générale ! »

Alain s'occupa personnellement de l'entraînement de Bouttier qu'il installa dans sa propriété, proche de Montargis. Ce qui ne signifie pas qu'il ne se souciait pas du bien-être de son rival :

« Lorsque Monzon arrive, dévoila-t-il, il descend dans un hôtel parisien. Il a l'habitude d'apporter avec lui d'Argentine sa viande et son eau. D'abord pour ne pas changer l'eau à laquelle il est habitué et, d'autre part, parce que dans le passé on a eu des exemples de boxeurs discrètement empoisonnés à l'aide d'une poudre, d'un cachet ou d'une pilule placée dans l'eau. »

Au lendemain de la victoire de l'Argentin, l'acteur

annonça son intention d'organiser une nouvelle rencontre au cours de laquelle Monzon, désormais champion du monde des poids moyens, affronterait José Napoles, champion du monde des welters. Ce qu'il fit le 9 février 1974. Spectacle grandiose : sur un parking de la Défense, un immense chapiteau chauffé fut dressé, pouvant accueillir 11 000 spectateurs. Redoutable homme d'affaires, Delon vendit à prix d'or les droits de retransmission télévisée et on estima que 70 millions de personnes suivirent, à travers leurs écrans, ce match qui… ne dura que 17 minutes (Napoles abandonnant au sixième round). Par la suite, Delon s'occupa de-ci, de-là d'autres combats mais avec moins d'ampleur.

« Lorsque j'ai voulu que la France retrouve la passion de la boxe, je n'ai pas lésiné sur les moyens engagés, soulignait-il en 1981. On avait prédit l'effondrement de mon entreprise, on a dénoncé le caractère "bidon" des matchs mis sur pied, il n'empêche que j'y suis arrivé ! »

Les trois comédiens apportèrent leur tribut au septième art en participant à des films sur la boxe. Pour Jean, ce fut *L'Air de Paris*, réalisé par Marcel Carné. Il y jouait un entraîneur prenant en main la destinée d'un jeune espoir interprété par Roland Lesaffre, ancien champion de boxe de la marine française. Pour Alain, il y eut surtout *Rocco et ses frères* de Luchino Visconti, pour lequel il s'entraîna trois heures par jour.

« Il fallait être crédible, commenta Delon. Je me suis entraîné une année durant avec un professionnel, un type très fort : Sauveur Chiocca, né en 1919 au Venezuela. Ça n'était pas du chiqué puisque ce merveilleux styliste, champion de France en 1962, m'a assuré, à l'issue de ma préparation : "Tu peux te présenter aux Jeux olympiques quand tu veux !" Malheureusement, il est impossible de mener de front deux carrières. J'ai donc laissé tomber la boxe. »

Pour Jean-Paul, ce fut *L'Aîné des Ferchaux* de Jean-Pierre Melville dans lequel un combat l'opposait à son ami Maurice Auzel.

Nul ne s'étonna que, dans *Borsalino*, leur premier vrai film en commun, Belmondo et Delon, *alias* Capella et Siffredi, fassent connaissance autour d'un ring de boxe.

Par la suite, Jean-Paul se retrouva entraîneur de l'équipe olympique de France de boxe pour *L'As des as*, et nombre de ses films font référence au noble art, de même pour Alain Delon.

Gabin, de son côté, voyait une analogie entre ce sport et son métier :

« Un film, ce n'est jamais la même chose. C'est toujours du nouveau. On n'a jamais affaire au même adversaire. C'est comme un combat de boxe ! »

*

L'amour du sport permit également à Belmondo de faire la conquête de Ventura dès leur première rencontre en vue de *Classe tous risques*.

« Quand on fait beaucoup de sport comme moi, soulignait Lino, on remarque une chose : que ce soit dans une salle, sur un stade ou ailleurs, à la façon dont un type monte sur un vélo ou frappe dans une balle, on sent tout de suite qu'il y a quelque chose qui fait que c'est un animal de compétition. Eh bien, Jean-Paul en était un. »

Lino mit d'ailleurs tout son poids, qui était déjà considérable, dans la balance pour convaincre le producteur d'engager le jeune comédien. Le financier, qui lui préférait de beaucoup Dario Moreno, rétorqua que ce serait une erreur de le prendre pour ce film et soutint même que sa seule présence « mettrait le spectateur en droit de se faire rembourser son billet » ! Lino ne céda pas. Soutenus par Claude Sautet et José Giovanni, ils firent front. Et Belmondo joua *Classe tous risques*… Quatre ans plus tard, il partageait la tête d'affiche de *Cent mille dollars au soleil* avec Lino.

*

Si Jean-Paul a d'abord été attiré par la boxe puis par le football, il s'est orienté ensuite vers le tennis. En tant que spectateur, il n'a jamais cessé de suivre avec assiduité les matchs de Roland-Garros et, en tant qu'adepte, il a mis toute sa puissance physique sur les courts. Constatant que le tennis est un sport très répandu dans les milieux cinématographiques, il organisa des petits tournois sur les tournages de ses films. Tournois qu'il remporta bien souvent.

Pour *Les Morfalous*, Henri Verneuil avait transporté ses caméras au Maroc. Les prises de vues étant complexes à préparer, les acteurs eurent du temps libre. Que Jean-Paul mit à profit pour sévir raquette en main. Parmi les acteurs, il craignait surtout son ami Michel Creton, redoutable sportif. Mais il ne se méfia pas assez de Jacques Villeret, dont la science de la raquette se situait à un haut niveau.

« Il pouvait se vanter de figurer parmi les meilleurs joueurs de tennis au sein des acteurs français, témoigne Charly Koubesserian. Pour battre Villeret au tennis, il fallait un athlète de première force. J'ai vu des matchs incroyables opposant Villeret à Belmondo. Jean-Paul est un musculaire, une puissance, qui se heurtait au jeu subtil de Jacques, car Villeret avait un coup droit caché qui partait du long de son corps, tout à fait redoutable. Tandis que Jean-Paul se déplaçait en souplesse sur le court, Jacques, lui, rebondissait littéralement... Jean-Paul jouait à sa manière. C'est-à-dire qu'il n'a jamais suivi aucune leçon avant de se mettre au tennis et, de plus, il est arrivé à ce sport relativement tard. Cela fait que son jeu tenait à la fois du tennisman, du gardien de but, du boxeur et du cascadeur. Il apportait des améliorations tout à fait personnelles... »

Sur le tournage du *Corps de mon ennemi*, en 1976, Belmondo retrouva Blier, avec lequel il n'avait plus tourné depuis *Cent mille dollars au soleil*, une dizaine d'années plus tôt. L'aîné accompagna son cadet sur les courts de tennis où il lui prodigua moult conseils.

« Il disait toujours qu'il avait été champion de tennis, rapporte Jean-Paul, mais je ne l'ai jamais vu avec une raquette à la main. Quand je me suis mis au tennis, il me donnait des conseils mais il n'a jamais pris une raquette et je me suis toujours demandé s'il savait jouer au tennis ou pas. »

*

En réalité, Blier en savait long sur les courts, au point qu'il avait même gagné quelques compétitions, mais il avait abandonné ce sport qui réclamait trop d'énergie. Il le remplaça par le golf.

« J'ai vu jouer des gens et j'ai aimé ça, expliqua-t-il. Je jouais un petit peu au tennis et j'ai découvert qu'on ne pouvait pas jouer quand il pleuvait. J'ai vu des gens jouer au golf sous la pluie et je me suis dit : "Pourquoi pas ?" C'est un jeu merveilleux qui tient à la fois de la promenade et de la partie d'échecs. Et c'est le seul truc que j'aie trouvé pour m'obliger à marcher… Le golf est un jeu où on joue contre soi-même, contre le désir que l'on a de crâner, c'est une humilité permanente. C'est un jeu qu'on n'a jamais fini d'apprendre. On peut se mettre en colère aussi : j'ai connu des gens très sérieux qui m'ont jeté un club à la figure et qui auraient été capables de me tuer. J'ai connu un autre ami qui a jeté son sac et son chariot dans une rivière parce qu'il avait envoyé trois balles à l'eau… Au début je faisais des colères, mais maintenant non : l'expérience et la morphologie m'ont démontré que je n'avais aucune chance de devenir un crack et je garde mon sang-froid quoi qu'il arrive. »

*

Autre sport commun à bien des membres de la « bande » : le cyclisme.

Attention : ne pas confondre cyclisme et vélo. Certains amateurs croient pratiquer l'un et se contentent de l'autre. La précision fut apportée par un « docteur ès petite reine » : Michel Audiard.

« Lino Ventura fait du vélo comme un facteur, dit-il. En réalité, il ne fait pas de vélo, il se déplace à bicyclette. Parce que bicyclette et vélo, ce n'est pas la même chose. Un vélo, c'est censé être un vélo de course ; une bicyclette, il y a un feu rouge, une sonnette... Lino fait de la bicyclette mais il a un vélo, c'est ça qui est paradoxal. Il a un vélo de course, indiscutablement. Il a donc, apparemment, les signes extérieurs d'un coureur mais le coup de pédale, non ! J'aime mieux qu'on parle d'autre chose... »

Audiard savait de quoi il parlait. Il avait tenté, du temps de sa prime jeunesse, de devenir coureur cycliste. Il s'essaya d'abord sur route en tant que membre du prestigieux Vélo Club (clodoaldien !) de Saint-Cloud (maillot blanc cerclé de bleu), surnommé « la Clodoche » par les habitués. Puis, après quelques épreuves, il se lança sur la piste et hanta le légendaire vélodrome d'Hiver de la rue Nélaton, à Paris. C'est là qu'il rencontra André Pousse, en 1938.

« Dis donc, tu marchais bien, dimanche, annonça Audiard en guise de préambule.

– Je te remercie. Et toi tu cours dans quelle catégorie ?

– En quatre.

– Tu devrais pas être là, tu devrais être sur la route.

– J'ai arrêté la route.

– Pourquoi ?

– Je ne montais pas les côtes ! »

Ce passé valut à Michel d'être surnommé « le petit cycliste » par Gabin.

Alors qu'Audiard renonçait au cyclisme professionnel, André, lui, fit, dix ans durant, une belle carrière, passant pro en 1941 et ne lâchant le guidon qu'en 1950 pour devenir organisateur de spectacles. Durant toute cette période, il rencontra de nombreux voyous, ce qui forgea son caractère et imagea son langage. Au cours de son parcours de sportif, il croisa également un jeune homme de belle allure : Alain Delon.

« J'ai débuté dans le cyclisme avec René de La Tour dans les années cinquante, raconte ce dernier. J'ai préféré changer de braquet quand j'ai vu que je ne serais pas au plus haut niveau… »

Ce que Michel et André appréciaient, outre le goût de l'effort, c'était l'ambiance chez ces accros de la petite reine. Avec phrasé *ad hoc* à la clef.

« Il y a un langage des coureurs cyclistes qui est ébouriffant, expliquait Audiard. Il y a un argot du peloton, des expressions d'une drôlerie extraordinaire. »

Ce que confirmait Dédé Pousse :

« Il y a un argot de coureur cycliste comme il y a un argot de corporation ; disons que dans le vélo il y en a peut-être davantage. »

Certaines expressions sont passées dans le langage courant, comme « pédaler dans la semoule ». D'autres ne manquent pas de suavité et ne pouvaient que régaler un amateur de mots de la trempe d'Audiard : « avoir les chaussettes en titane » (avoir un bon coup de pédale), « compter les pavés » (rouler lentement), « pédaler avec ses oreilles » (balancer la tête en pédalant), « rouler dans le jardin » (quitter la route), etc.

Sans oublier cet échange classique entre deux cyclistes :

« C'était dur, dimanche ?

– Oh la la, m'en parle pas… Y a Machin qui m'a fait dégueuler ma bouillie ! »

Audiard, Pousse, Carmet, Belmondo, Ventura et bien d'autres. Tous firent du vélo à haute dose, escapades parfois prétextes à de douces folies et, souvent, à des éclats de rire.

« Papa était un assidu de l'exploit, un fondu du cyclisme, un bouffeur de kilomètres, un amoureux de la petite reine, explique Jean-François Carmet, comme René Fallet, Michel Audiard et d'autres potes avec qui il n'hésitait pas à faire quelques tours de piste ou engager le sprint là où ses vélos le portaient. »

Jean de confirmer :

« Avec Audiard et Fallet, le vélo c'était la continuation de ce que l'on faisait quand on était enfants, sauf qu'on avait les moyens d'avoir de beaux vélos et de belles casaques. Fallet organisait les "Boucles de la Bresbre" dans l'Allier. Le règlement ne comportait qu'un article : "Les échappées sont interdites" ! »

Carmet et Audiard n'arrêtaient pas de se lancer des défis en rapport avec le monde du vélo comme, par exemple : « Qui trouvera le plus beau maillot de course dans les magasins d'accessoires de l'avenue de la Grande-Armée ? »

Les deux-roues n'étaient pas uniquement source de plaisanteries. Interrogé sur le sujet, Jean Carmet prit son ton le plus sérieux pour tracer des parallèles entre les cyclistes et les acteurs :

« Il y a des points communs entre les coureurs et nous : cette espèce de disponibilité immédiate, de faux calme ; une façon de pouvoir disposer à la demande de son énergie… Vous me faites dire vraiment des choses intelligentes ! »

*

Jean Gabin nourrissait une autre passion sportive, qu'il transmit à l'un de ses amis : les chevaux.

« En 1909, sur les épaules de mon père, racontait-il, j'ai vu gagner, à Longchamp, Rond d'Orléans de monsieur de Saint-Alary, monté par Milton Henry. Casaque rayée jaune et marron, toque *idem*. »

Le paternel de Jean adorait les courses hippiques et plaçait très au-dessus du panier le Prix de Diane, couru à Chantilly.

Bien des années plus tard, l'âge et l'argent aidant, Jean installa des chevaux dans sa vaste propriété normande et rêva de les faire courir. Il n'eut guère de chance avec son écurie de galopeurs. Aussi préféra-t-il s'orienter vers des trotteurs, qu'il fit cavaler sous ses couleurs : casaque jaune, toque mauve – c'est-à-dire casaque bouton d'or et toque lilas.

Ses élevages avaient pour but d'assouvir son amour de la race chevaline, non de le rendre richissime. D'ailleurs, ils lui coûtèrent bien plus qu'ils ne lui rapportèrent. Mais il fit au moins un émule : Alain Delon.

Devenu star à son tour, il s'associa dans les années soixante-dix à Pierre-Désiré Allaire puis à Jacky Imbert pour monter une écurie d'une vingtaine de chevaux, aux couleurs d'une rare sobriété : casaque grise, manches noires, toque grise – « parce que j'ai toujours aimé les couleurs sombres, expliqua Delon, elles correspondent à ma personnalité ». Lui aussi passa des galopeurs aux trotteurs. L'une des raisons de ce changement fut son besoin de contact avec les chevaux.

« Les chevaux de plat, vous les regardez passer au loin, à l'entraînement, dit-il. Un trotteur, vous pouvez le toucher, le caresser, le brosser, le soigner. »

Dans son écurie – qui compta jusqu'à seize chevaux – se distingua au moins un champion de classe internationale : Équiléo. Il remporta successivement le championnat d'Europe puis l'International Roosevelt Raceway – considéré comme le championnat du monde des trotteurs – et s'offrit le luxe de finir troisième au Prix d'Amérique 1976, derrière l'illustre Bellino II. D'autres chevaux de Delon firent merveille, dont Degel, qui remporta une course à Vincennes, Étampes, Destinus, Chablis, sans oublier Fakir Du Vivier qui fut non seulement un grand champion mais favorisa la naissance d'autres stars du trot.

Pourtant, contrairement à Jean, Alain se lassa des chevaux ; après six ans de présence, ses couleurs quittèrent à jamais les champs de courses. Rien ne le fit revenir sur sa décision : « Je préfère garder ces souvenirs en moi, je préfère rester sur ces belles choses. »

Son histoire connut un épilogue : Équiléo termina sa vie comme étalon dans le haras créé par Mathias Gabin, fils de Jean.

Bernard Blier, lui, ne partagea jamais la passion de ses amis pour la race chevaline :

« Dieu sait si c'est con, les chevaux ! C'est beau, mais c'est con. S'ils ne l'étaient pas autant, avec la force qu'ils ont, ils ne se laisseraient pas faire ! »

Jugement d'autant plus étonnant quand on sait que sa fille, Brigitte, fit carrière en élevant des chevaux et en créant des manèges…

*

Si tous étaient amateurs de sports, certains en avaient plus fait que d'autres. Dans ce domaine, Lino Ventura se situait presque hors catégorie : champion d'Europe de lutte gréco-romaine, catcheur, organisateur de combats. Il a dédié toute la première partie de sa carrière au sport. Et a toujours défendu les sportifs, même sous les moqueries.

« Évidemment, les garçons que vous rencontrez dans une salle d'entraînement ne viennent pas de Passy. Mais si Bach et Corelli ne leur disent rien, ils n'en sont pas forcément pour cela des imbéciles. J'ajoute que s'il fallait sortir de la catégorie des cat-cheurs pour parler des sportifs en général, on pour-rait dire que leur poignée de main laisse deviner beaucoup de santé morale et de connaissance de soi. »

Comme Belmondo, Lino s'essaya à une foultitude de sports. Après la lutte, qu'il dut abandonner suite à un accident, il apprécia tout particulièrement le football (il y jouait tous les dimanches), le tennis et le golf, avant de se consacrer, les années passant... à la pétanque !

« J'ai été élevé dans le sport, disait-il, j'ai fait du sport toute ma vie et c'est un dérivatif très important pour moi. C'est une joie. Si, demain, je ne pouvais plus aller au stade, je pense que je serais très malheu-reux. Et puis il y a aussi une petite nostalgie. L'odeur des vestiaires est une chose que vous n'oubliez pas facilement quand vous y avez vécu toute votre vie. Quand, d'un seul coup, on se retrouve dans les ves-tiaires après un match, bien crasseux, bien boueux et plein de sueur, avec les amis qui sont avec moi, qui sont tous de mon âge et qui sont des chirurgiens, des pilotes d'Air France, des industriels, on redevient des gamins. C'est très important. C'est bon ! Je plains les jeunes qui n'ont pas connu la joie de la victoire partagée avec une équipe, et même l'amer-tume d'une défaite. »

Ars gratia artis

À force de les voir jouer des personnages issus du peuple, revendiquer un attachement au sport, à la bonne bouffe et aux copains, ou encore porter – pour certains – une casquette en permanence, d'aucuns purent croire que tous ces bons bougres de la « bande » étaient des manants dénués de tout vernis culturel et artistique. Cruelle erreur.

Meilleure preuve : Michel Audiard. Il adora placer ses personnages près de comptoirs enfumés, voire dans des gargotes, tout en leur faisant parler un langage popu complètement réinventé. Il ne cessa de répéter que ses meilleures répliques émanaient de piliers de bistrots et de chauffeurs de taxi : « Un dialoguiste, ce n'est pas un inventeur, c'est un voleur. » Faux ! Au moins en partie… Michel réussit l'amalgame entre la littérature et le bitume. Ses phrases venaient des livres mais transitaient par la rue pour avoir l'apparence d'un phrasé quotidien. Tout était inventé. Mais personne n'a jamais parlé comme les écrits d'Audiard ! Personne ! Pas même Gabin.

« La langue que j'ai écrite pour mes films de truands est une langue qu'on ne comprendrait dans aucun bistrot de Paris, reconnut le dialoguiste. Tout est faux, il n'y a pas un truand qui parle comme ça. Le vrai langage des truands est con, inintéressant. C'est les gens qui parlent imagé qui sont drôles. »

Dès l'adolescence, ce natif du 14e qui allait devenir le *number one* des dialoguistes, ce prolétaire au destin incertain, tomba dans Balzac et découvrit la puissance, la légèreté, la poésie des mots. La boîte de Pandore était ouverte et l'appétit du gamin insatiable. Il dévora tout ce qui lui tombait sous la main : des bandes dessinées aux grands classiques en passant par les recueils de poésie et les intrigues policières. Tout. Sans discernement mais avec plaisir.

« Ma culture, reconnut-il, c'est le bazar, c'est hétéroclite, c'est le bric-à-brac le plus complet. À une époque, entre 12 et 22 ans, j'ai dévoré quatre livres par jour. Indifféremment, dans la même journée, Proust et Gaston Leroux. Je courais à la bibliothèque du 14e arrondissement où je piquais tout. J'aimais lire… »

Il affina ses goûts, apprécia une foule d'auteurs mais détesta Zola et George Sand. Rimbaud marqua une première étape d'importance. Céline, lu quelques années plus tard, devint son but ultime. C'est Céline qui, le premier, lui donna envie d'écrire. Michel sentit que cet art se trouvait désormais à portée de sa plume, qu'il n'était plus uniquement réservé à une bande d'intellos sortis de Normale sup. Et Céline devint intouchable. Comment il le défendit, le Louis-Ferdinand, comment il essaya de le réhabiliter, le Destouches maudit ! Bec et ongles. Le stylo chargé d'une triste vengeance, la formule prête à dégommer les aigris.

« Je ne conteste pas que Céline ait été antisémite, dit-il, mais Céline était tellement antitout et, pour commencer, tellement anti-Céline, qu'il ne pouvait pas ne pas être aussi antisémite. C'était un anarchiste à l'état pur. »

Céline constitua l'un des traits d'union entre plusieurs membres de la « bande ». Gabin en connaissait des pages par cœur. Il en fit la démonstration un soir chez Gilles Grangier en compagnie d'Audiard. Les trois amis s'amusaient à se piéger mutuellement sur des questions à propos du cyclisme. Entre les vainqueurs du Tour de France et les palmarès de Faber, Pélissier et consorts, Jean se révéla incollable. À bout de questions, Michel changea de braquet :

« Tiens, si on parlait un peu de Céline ? »

Pas facile, comme sujet. À moins d'entrer dans la polémique. Mais l'acteur releva le défi. De sa belle voix grave légèrement rocailleuse, il récita trois pages du *Voyage au bout de la nuit* sans se tromper d'une virgule. Auditoire médusé.

En d'autres occasions, Jean corrigea Michel lorsque celui-ci citait de mémoire une phrase de Céline. Vérifications faites : l'acteur avait toujours raison, au mot près.

Cela donna à Audiard l'idée de transformer ce livre en film. Il convainquit son beau-frère, le producteur Jean-Paul Guibert, d'en acheter les droits et se lança dans l'aventure. Un pari impossible pour lequel il imagina des distributions extravagantes avec, toujours, Gabin en tête d'affiche. À la mort de celui-ci, Audiard ne renonça pas et se tourna vers Belmondo. La vedette de *L'Homme de Rio* et des

Tribulations d'un Chinois en Chine avait aussi découvert Céline durant son adolescence et fait du *Voyage* son livre de chevet. Il suggéra Godard à la caméra mais, face à la frilosité des producteurs, le film fut annulé. Céline se révélait un sujet brûlant. Il le reste aujourd'hui…

Michel Audiard continua de lire. À un rythme réduit du fait de ses obligations professionnelles. Il se concentra sur la Série Noire qui lui donna l'idée de plus d'un film. Il relut aussi les livres qu'il avait aimés dans sa prime jeunesse, révisant souvent son jugement.

Autre amateur de livres : Bernard Blier. Non seulement il les aimait mais il les collectionnait : beaux livres et éditions rares. Bibliophile accompli. Outre des pièces de premier choix, il possédait de nombreuses lettres signées par des personnalités qu'il avait connues et aimées, dont Jean Anouilh, André Roussin, Louis Jouvet, Jean Cocteau, Sacha Guitry et, bien entendu, Michel Audiard. Roussin lui avait d'ailleurs écrit un jour : « On n'offre pas un livre rare à un spécialiste comme toi sans courir le risque qu'il l'ait déjà. » Il put s'enorgueillir d'une des plus belles bibliothèques privées dont les fleurons concernaient le théâtre : œuvres complètes des grands auteurs, de Racine à Colette, avec une préférence pour Molière, dont il possédait une édition du *Malade imaginaire* publiée un an après sa mort. Autres pièces exceptionnelles : des volumes de 1763 avec gravures de Boucher et de 1836 avec gravures de Tony Johannot. Plus des originaux : les 39 volumes de l'*Encyclopédie* de Diderot et d'Alembert publiés à Genève en 1777-1780, les œuvres complètes de Jean-Jacques

Rousseau (39 tomes), la correspondance de Voltaire annotée par Condorcet (70 volumes publiés entre 1784 et 1789), les premiers tirages des œuvres de Racine, etc. Il avait également demandé à tous ses amis auteurs de lui signer leurs livres et s'enorgueillissait d'une édition originale des *Réflexions du comédien* (1938) dédicacée par Louis Jouvet.

« Bernard Blier, disait Audiard, ne croit pas tellement au ciel, mais il croit follement à Molière, à Balzac, à Hugo et cela revient probablement au même. »

Bernard protégeait ses biens en propriétaire attentif. Il fit traiter certaines lettres et dédicaces pour empêcher l'encre de s'effacer. Par contre, il refusa obstinément de cacher ses livres derrière des vitrines.

« Un bouquin, ça doit respirer, affirmait-il, ça doit pouvoir se toucher, être déplacé… Je ne suis pas collectionneur : j'aime les livres, je ne peux pas m'en passer, c'est très différent. »

Cette collection fut vendue aux enchères, après sa mort, le 18 mars 1991. 1 059 volumes répartis en 140 lots. Total : 1 million de francs. L'enchère la plus élevée concerna l'édition Kehl des œuvres complètes de Voltaire.

Jean Carmet aussi aimait les livres. « Une des plus importantes bibliothèques que j'aie jamais vues », aux dires d'Yves Boisset. À cela s'ajoutait une immense passion pour l'opéra. Au point d'en être reconnu sur le plan international : on l'appelait de l'Europe entière pour lui demander une référence ou un renseignement précis.

Quant à Ventura, il forgea sa culture sur le tard. Ce fils d'immigrés italiens grandi dans la rue attendit d'être adulte pour découvrir les vertus de la musique (classique et jazz) et de la littérature. Ses amis l'aiguillèrent dans cette tâche.

« J'ai eu la chance de rencontrer des gens qui m'ont ouvert les yeux sur ma "crasse intellectuelle", si je puis dire, admettait-il. Et puis il y a eu la période de l'autodidacte avec des caisses et des caisses de bouquins que j'ai ingurgités. C'est formidable de les ingurgiter comme ça parce que ce n'est pas une discipline ; j'étais complètement disponible, complètement ouvert. Je le faisais par désir, pas par obligation. »

Trop longtemps, pourtant, des rabaisseurs de réputation cherchèrent à enfermer l'homme dans ses rôles. Dès 1965, Lino fit part de son amertume courroucée :

« Parce que j'ai été champion d'Europe de lutte et que ma carrière cinématographique a démarré sous le signe du Gorille, les gens m'imaginent comme une sorte d'homme des bois, vêtu de peaux de bêtes. Je surprends souvent le regard inquiet des visiteurs devant les 500 bouquins de ma bibliothèque. Ils doivent penser que les Balzac c'est ma femme qui les lit, tandis que moi je suis juste bon pour l'*Almanach Vermot* et la Série Noire ! »

Parmi ses auteurs favoris : Roger Martin du Gard et Romain Rolland.

Quant à Gabin, il affirmait peu lire… à l'exception de *Paris Turf* dont il ne manquait pas un numéro. En réalité, outre Céline, il avait lu l'intégralité des œuvres de plus d'un auteur. Dont Simenon. Quand on lui proposa de jouer Maigret, il trouva que cela tombait bien : le romancier belge était un de ses amis de longue date.

*

La littérature ne fut pas la seule preuve extérieure de culture au sein de la « bande ». Les arts, en général, y trouvaient grâce. Et, dans ce domaine, le plus « marqué » fut Belmondo : il avait littéralement grandi dedans !

Grâce à son père sculpteur, son enfance s'épanouit au milieu des dessins, des peintures, de la glaise et du marbre. Non seulement il rendait de fréquentes visites à l'atelier de son père – ne fût-ce que pour admirer de ravissants modèles posant dans le plus simple appareil – mais, de plus, il côtoya de nombreux artistes au domicile familial. Paul Belmondo aimait recevoir et avait inclus le théâtre parmi ses sujets d'intérêt. Il en devint l'ami de Sacha Guitry.

L'acteur conserve un souvenir ému de ses séjours en Provence où son père, loin de se reposer, profitait des beautés de l'endroit.

« Pour certains, écrivit-il, la Provence, cela signifie l'odeur envoûtante de la garrigue, le chant réconfortant des cigales, l'accent inimitable qui vous enchante, le pastis qui scelle l'amitié… Pour mon père, la Provence signifiait la lumière. Il faut posséder une âme d'artiste et un cœur de poète pour percevoir les mille et une subtilités qui différencient les lumières. Je sais que là, sous le soleil provençal que le monde entier nous envie, mon père retrouvait un certain parfum de son Afrique du Nord natale, une palette de couleurs éternellement uniques. Ses crayons et ses pinceaux s'envolaient de ses mains habiles pour frôler la toile où ils immortalisaient cette insaisissable lumière. L'art de mon père respectait la nature en la magnifiant, il trouvait terre d'épanouissement au pays de César et de Panisse. Et moi, pendant ce temps, je profitais du farniente et des vacances chez nos amis les Bues, remarquant à peine qu'au fil des heures la lumière se modifiait. »

L'insatiable curiosité de Paul Belmondo l'anima jusqu'à ses derniers jours : chaque dimanche, il se rendait au Louvre – dont il connaissait la moindre œuvre jusque dans les détails.

« Pourquoi ? lui demanda un jour son fils.

– Pour apprendre. »

Jean-Paul hérita de son goût pour les arts et passa une grande partie de son temps à défendre la mémoire de son père tout en soutenant les jeunes sculpteurs. Il existe aujourd'hui un prix Belmondo, destiné à récompenser les nouveaux talents, et un musée Paul-Belmondo.

Alain Delon aussi se passionna pour la sculpture et la peinture, mais en autodidacte. Il débuta dans les années soixante et acheta successivement des dessins du XVIe français, du XVIIIe hollandais, de la Renaissance italienne, de l'école de Barbizon, avant de s'intéresser aux artistes du XIXe, avec un attrait plus marqué pour Géricault, Delacroix, Millet et Corot.

« La première toile que j'ai achetée, raconta-t-il, était un cheval de Géricault. Pourquoi Géricault ? Parce que j'avais eu l'occasion de lire sa vie et d'y retrouver des analogies avec la mienne. C'était un homme passionné de cheval, comme je peux l'être moi-même. Je me suis alors tellement entiché de lui que j'ai décidé d'avoir "tous" les Géricault. Je fais toujours les choses à fond. »

Il posséda des œuvres rares... et hors de prix, parmi lesquelles une étude de Rubens pour *Le Christ à la paille* exposé au musée d'Anvers, un dessin de Boucher, une aquarelle de Dürer représentant un scarabée, une vue du château de Chillon peinte par Courbet, etc. Sa collection se compléta d'œuvres majeures des années cinquante, avec des Hans Hartung, Pierre Soulages, Karel Appel, Maurice Estève, Alfred Manessier, Dubuffet, de Staël...

« Vous savez, dit-il, pour moi un dessin, un tableau, un bronze, c'est comme une femme : ça procure une émotion, ça me bouleverse, j'ai envie de la posséder, j'ai envie de la toucher, de la regarder, c'est une histoire d'amour. Alors chaque œuvre que je possède est une histoire d'amour. »

Un temps, il se passionna pour les œuvres de Carl Fabergé, orfèvre et joaillier à Saint-Pétersbourg, dont les œufs sont célèbres dans le monde entier (et se sont retrouvés au centre d'une intrigue de James Bond !).

Mireille Darc, alors compagne de Delon, témoigne :

« Alain a une passion pour les boîtes de Fabergé et il a découvert en outre l'une de ses plus belles œuvres, une pendule en argent soutenue par un groupe de cavaliers du Caucase et posée sur un bloc d'onyx... Nous traquons les Fabergé à travers les salles des ventes du monde entier, et chaque fois qu'un trésor de plus entre à la maison, je peux lire dans les yeux d'Alain la satisfaction. Et la partager. »

Delon fut pour beaucoup dans la découverte du sculpteur Rembrandt Bugatti par le public français. Lui-même était, par hasard, tombé en admiration devant l'un de ses bustes, chez un ami. Touché par la perfection des lignes, attiré par le fait qu'elles représentaient un animal, il chercha à tout connaître de ce Bugatti et parcourut le monde à la recherche de ses œuvres. Ses acquisitions firent même l'objet d'un livre.

En avril 1990, il vendit chez Sotheby's à Londres 39 de ces fameux bronzes animaliers signés Bugatti. Total : 23 millions de francs. En octobre 2007, il se dessaisit de 40 de ses tableaux pour plus de 8 millions d'euros…

Par ses achats et ses ventes, Alain Delon est considéré comme un connaisseur de premier plan, et le journal américain *Herald Tribune* a écrit qu'il est « l'un des collectionneurs d'art dotés du meilleur flair ».

La « bande » était certes composée d'artistes mais aussi d'amateurs d'art. Notion à ne jamais négliger quand il s'agit d'évoquer ces messieurs. Notion qui teinte de couleurs originales l'image noir et blanc, parfois recouverte d'une fine couche de poussière, que certains se font d'eux. Notion qui peut aussi servir de leçon auprès des jeunes talents qui se contentent d'exploiter leur propre potentiel sans jamais chercher à l'enrichir.

Tu quoque, mi fili

Un ami, c'est précieux. Parce que rare. Comme la pierre. Du genre sur laquelle on peut bâtir sa confiance. Être ami est une lourde responsabilité. Savoir se montrer à la hauteur. Et à la bonne heure. Ni trop souvent pour ne pas engendrer l'ennui, ni trop rarement pour ne pas provoquer l'inquiétude.

L'amitié est un lien fragile comme le cristal qu'un rien peut rompre : un geste mal placé, un mot mal compris, un dédain malencontreux.

Parce que riches en amis, les membres de la « bande » goûtèrent plus souvent qu'à leur tour l'amertume de ce qu'ils appelèrent, un peu exagérément, la « trahison ». Un terme taillé comme une flèche, tranchant comme un kriss. Un terme qui fait mal mais qui ne parvient jamais à cacher l'immensité de la déception ni à retenir les larmes de la tristesse.

Trahisons. Autant de taches qui noircissent le paysage ensoleillé de l'amitié. Mais qui, heureusement, ne salissent pas la vue d'ensemble. La maxime cynique de Rivarol, « Dans chaque ami, il y a la moitié d'un traître », n'eut jamais cours au sein de la « bande ». La trahison y fut exceptionnelle. Elle n'en fut que plus blessante…

*

Jean Gabin reçut une série de coups qui le marquèrent très profondément en une région où il n'aspirait qu'au calme : la Normandie. Depuis 1952, il s'était installé dans une paisible vallée sise sur le territoire du village de Bonnefoi (140 habitants). Son but : développer l'élevage de chevaux et de bovins. Il acheta successivement plusieurs parcelles qui, réunies, finirent par atteindre 150 hectares sur lesquels il regroupa jusqu'à trois cents têtes de bétail et une quinzaine de chevaux de course.

S'il put étendre son propre territoire, ce ne fut pas tant parce que, grâce au cinéma, il disposait de fonds importants mais surtout parce que ces terres étaient de piètre qualité. Il fallut les traiter à grands coups d'engrais, les retourner avec du matériel lourd, s'en occuper presque quotidiennement.

Plus tard, Jean agrandit encore son patrimoine avec 60 hectares pour bovins et chevaux près de Moulins-la-Marche, à une quinzaine de kilomètres de Bonnefoi.

Il se retrouva à la tête d'un beau lopin. Trop beau, peut-être. Il ne l'arpenta jamais en gentleman-farmer visitant ses propriétés les week-ends de beau temps mais en amoureux de la terre s'intéressant à tous les aspects du métier d'agriculteur. Il finança même de ses propres deniers un champ de courses (qui porte aujourd'hui son nom), à Moulins-la-Marche.

Il dépensa énormément d'argent dans ces projets, exigeant le meilleur matériel. Des espèces sonnantes et trébuchantes qui profitèrent à l'ensemble du terroir.

« L'implantation de Gabin dans cette région reculée de l'Orne l'avait enrichie, constate sa fille Florence. Tous les entrepreneurs des environs, maçons, plombiers, électriciens, carreleurs, peintres, menuisiers, jardiniers, avaient travaillé à l'élaboration du domaine. Des Parisiens venaient s'installer, les commerces du bourg s'étaient développés. Ce qui faisait dire à Audiard : "Ton épicier du coin, maintenant, il est aussi cher que Fauchon"... »

Avec cette exagération qui lui était coutumière, Jean affirmait que le septième art ne lui servait plus qu'à financer son exploitation agricole : « Le cinéma, je le sers le mieux possible mais moi je ne travaille pas pour la gloire. Je travaille pour de l'argent, de l'argent que je ne calcule pas en francs mais en vaches. *Maigret*, c'est tant de vaches. *Le Président*, un champ de fourrage. *Le cave se rebiffe*, une trayeuse électrique. Et *Le Baron de l'écluse*, une nouvelle fosse à purin ! »

Propos auxquels refusaient de croire ceux qui le connaissaient de près : « Gabin n'aimant pas le cinéma, Gabin ne faisant du cinéma que pour acheter des vaches, c'est du bidon intégral ! » estimait Audiard.

Bien entendu, demeurant acteur avant tout, il employa des « gens » pour s'occuper de ses bêtes et de ses terres. Ce qui fut mal perçu. Dans la région, certains l'assimilèrent à un seigneur s'enrichissant sur le dos de ses serfs. Le vent de la révolte, sans doute agrémenté de quelques calvas, prit de l'ampleur. Au moment où une loi complexe se discutait au Parlement, le vent se mua en tempête. Il fallait frapper un grand coup, se dit-on dans les rangs des paysans normands. Cible idéale : Jean Gabin.

« Nous voulions jeter un cri d'alarme auprès des parlementaires pour leur dire que cette loi sorte dans son entier, expliqua ultérieurement Gérard Pottier, administrateur des syndicats agricoles de l'Orne. C'est pour ça que nous avons été chez Jean Gabin. Et aussi parce qu'il était un cumulard d'exploitations… S'il n'avait pas été un "personnage", on aurait pu choisir quelqu'un d'autre… Nous pouvions, du même coup, alerter les pouvoirs publics et amener l'opinion publique à penser que, dans la terre, il y a un problème de structures et, par là même, un problème social. »

Oui, Jean Gabin allait payer sa notoriété. Au prix fort. S'il n'avait pas été le numéro un du cinéma français, on l'aurait laissé tranquille. S'il avait dépensé son argent à Saint-Tropez ou à Monaco aussi.

Que lui reprocha-t-on exactement ? D'être un « cumulard ». Terme quasi injurieux qui, en l'occurrence, désignait un monsieur ayant acquis successivement plusieurs propriétés. Circonstance aggravante : avec de l'argent ne provenant pas de la terre.

Le 29 juillet 1962, à quatre heures du matin, à l'heure où les braves gens dorment et où les travailleurs de la nuit comptent le temps qui leur reste avant de retrouver Morphée, un groupe d'individus pénétra dans la Pichonnière, nom que Gabin avait donné à sa propriété. Combien ? Impossible de le savoir avec précision. On parla de 150 hommes. Pas venus pour faire la fête. Mais pour exiger une tête. Ou tout au moins une signature. Jets de pierres et d'insultes à gogo. Plusieurs gros bras montèrent jusqu'à la Moncorgerie, la maison de Jean. Qui se leva pour les recevoir. En leur demandant de laisser leurs menaces au vestiaire. Ça faillit tourner vinaigre. Calmement, mais fermement, le « cumulard » refusa de signer un document par lequel il aurait accepté de louer la totalité de ses terres. Et il les aurait fait brouter où ses vaches ? Constatant que le héros de *Touchez pas au grisbi* semblait peu enclin à changer d'avis, la délégation fit demi-tour. Dans le bruit. Qui fut grand. Et alerta jusqu'aux médias nationaux. « L'affaire Gabin » fit la une des journaux et attira une foule de reporters sur ce petit coin oublié de Normandie.

« On aurait pu aller gentiment chez lui, sans le faire lever à l'heure où ils l'ont fait lever et discuter avec lui. On y a été d'autres fois, ce n'est pas un homme qui refuse de recevoir », admit le maire de Bonnefoi, village qui portait mal son nom.

Ledit maire était au courant de l'opération coup de poing mais ne réussit pas à l'empêcher (ni à avertir qui que ce fût). Il est vrai qu'il se montra, lui aussi, contre le cumul des terres : « On a des jeunes qui cherchent des fermes et qui n'en trouvent pas. Si monsieur Gabin voulait avoir un domaine de 200 ou 300 hectares, il était facile pour lui d'acheter un domaine constitué d'avance… »

L'acteur sortit meurtri de cette pénible nuit. Trahi par une région qu'il aimait et par des gens qu'il estimait avoir essayé d'aider.

« Il a été très affecté, confia son notaire, maître Naveau. Je l'ai vu pleurer devant moi l'après-midi même de cette affaire-là. »

Pire : Jean ne supporta pas cette intrusion dans son domicile qui, à ses yeux, signifiait une menace contre sa famille. D'où un dépôt de plainte.

Cela aurait pu en rester là. Mais, en son for intérieur, Jean se sentit atteint. Que faire ? Quitter la région ? Pas question. Quitter son métier d'acteur pour mieux se consacrer à celui d'éleveur ? Oui !

En septembre 1963, plus d'un an après l'affaire – et trois jours après une première rencontre avec le juge d'instruction, suite à son dépôt de plainte – il fit part de sa décision à la télévision : arrêter le cinéma à la fin 1964 !... Au 1er janvier 1965, dit-il, Jean Gabin acteur n'appartiendrait plus qu'au passé. Il prétexta des ennuis de santé et se retrancha derrière son envie de se rapprocher de ses chevaux et de ses bovins. Mais il dut convenir que, derrière tout ça, se cachait « l'affaire » : « Cette histoire m'a fait beaucoup plus de peine et beaucoup plus de chagrin qu'autre chose. J'étais tout de même là depuis plus de dix ans, je faisais partie de cette fédération [d'agriculteurs], et j'ai été très surpris que, du jour au lendemain, on me fasse cette chose à moi plus qu'à un autre. »

La plainte suivit son cours et se retrouva devant le tribunal d'Alençon en avril 1964. Sur le banc des accusés : 12 personnes. Toutes présentes lors de la fameuse nuit. Aucune ne manifestant le moindre regret. À l'audience, refusant de suivre les conseils de son avocat, maître Floriot, Jean Gabin annonça qu'il retirait sa plainte.

« Je me suis désisté parce que je pense que tout cela a été fait sous le signe de la maladresse. Dans le fond, la maladresse n'est pas tellement répréhensible... D'autre part, étant donné les rapports tendus entre les syndicats agricoles et le gouvernement, je ne voulais en aucun cas que mon nom soit une entrave à la bonne fin de ces pourparlers. Ce n'est pas Gabin mais Moncorgé qui retire purement et simplement sa plainte. »

Grand seigneur ? Certes. Mais à la suite de cette trop fameuse nuit de juillet 1962, Jean Gabin regarda la Normandie d'un autre œil...

D'autant que d'autres douleurs lui furent infligées. Certes, dès que l'affaire fit la une des journaux, il reçut des témoignages de soutien. Peu nombreux mais sincères. Deux, au moins, le touchèrent car émanant de personnalités avec lesquelles il n'était pas intimement lié : Fernand Raynaud, qui envoya un télégramme, et Paul Meurisse, qui lui téléphona de Corse.

Par contre, une autre réaction le faucha comme un boulet de canon. Celle de Bourvil, que Jean appréciait depuis *La Traversée de Paris*, au point d'avoir suggéré son nom pour incarner le Thénardier des *Misérables*. En plein barouf, il fut interrogé par des journalistes. Après tout, lui aussi « cumulait » les fonctions d'acteur et d'agriculteur. Or Bourvil fit une réponse de Normand, ce qu'il était : il ne se sentait pas dans le même cas que son ami Gabin, vu que lui était d'authentique origine paysanne... Cette soudaine absence de solidarité anéantit Jean. D'un trait de plume, il barra le nom de Bourvil de la liste de ses amis. Jamais il ne revint sur cette décision...

Il n'en avait pas fini pour autant avec les soucis agricoles. Comme tous, il subit de plein fouet la sécheresse de 1976. Comme tous, il demanda des subventions pour combler une partie de ses énormes pertes. Elles lui furent refusées au motif qu'il « n'avait pas besoin de ça ». Écœuré, au bord des larmes, il renonça à vingt ans de labeur et d'espoirs déçus. Propriété à vendre. Il ne la vit jamais partir. Il mourut avant...

*

Son partenaire de *La Traversée de Paris* ne fut pas le seul à subir les foudres d'un Gabin meurtri. Jean Renoir en fit également les frais. Ils se connaissaient pourtant depuis des temps immémoriaux. Trois films ensemble. Et non des moindres : *Les Bas-fonds*, *La Grande Illusion* et *La Bête humaine*.

Or, durant la guerre, Renoir s'exila aux États-Unis où il continua de travailler. Ce que Jean apprécia peu. Il traita Renoir d'Amerloque, terme péjoratif dans sa bouche. Comportement un peu étonnant si l'on se souvient que Gabin aussi avait effectué la grande traversée. Mais il avait fini par claquer la porte d'Hollywood pour s'engager

comme volontaire dans les Forces navales fran-
çaises libres[1]…

Après guerre, Gabin et Renoir se réconcilièrent et
tournèrent ensemble *French Cancan*…

Quant au différend qui l'opposa à Louis Page, son
fidèle directeur de la photo, il appartient au registre
du nébuleux.

Les deux hommes avaient sympathisé bien avant
la guerre, alors que Page n'était qu'assistant. Ils
s'étaient retrouvés dans les années cinquante et, à
dater du *Rouge est mis*, décidèrent de ne plus se
quitter, professionnellement parlant.

Tout bascula le dernier jour du tournage du
Tatoué.

Un tournage particulièrement difficile qui mit les
nerfs de Gabin à rude épreuve. Il n'arrêtait pas de
s'emporter et ses colères homériques firent presque
régner un climat de terreur. En ce dernier jour, bien
loin de se calmer à l'approche de la ligne d'arrivée,
il ouvrit les vannes et lâcha tout ce qu'il avait sur
le cœur, tout ce qu'il avait de rancœur. En pleine
tempête, alors que chacun se tenait coi, il surprit un
sourire sur le visage de Louis Page.

Un sourire ? Un crime de lèse-majesté, oui ! Jean
estima que son ami se « foutait de sa gueule ». Et en
public, en plus ! Il ne lui en fit pas la remarque mais,
le soir venu, quitta définitivement le plateau sans lui
dire au revoir. Plus jamais ils ne se parlèrent. Et
Louis fut surpris d'apprendre que, pour son film suivant, Jean l'avait remplacé par Henri Decaë…

---

1. Il finit la guerre en 1945 comme chef de char.

*

Belmondo non plus ne pardonne pas les trahisons. Une poignée de phrases négligemment jetées à un journaliste ont suffi à déclencher son ire. Victime, ou coupable : Charles Gérard.

Copains comme cochons, qu'ils étaient pourtant. Inséparables. Y compris dans les films, où Charlot finissait toujours par décrocher un petit rôle aux côtés de son pote. Jusqu'au jour où…

16 juillet 1980 : *VSD* publie une longue interview de Charles Gérard – « Belmondo raconté par son ombre ». C'est tout dire. Parmi moult déclarations, l'acteur parle du fils de son ami et affirme : « Paul, c'est moi qui l'ai pratiquement élevé. Car lorsque "le Grand" s'est mis à tourner et à voyager, il n'a plus eu le temps de s'occuper de ses gosses. » Et vlan ! Non seulement Charlot sous-entendait qu'il avait fait la nounou mais aussi que Jean-Paul était un mauvais père. Ce sera tout ? Et avec ça, qu'est-ce que je vous sers ? Pas la main, en tout cas. Au revoir, Charlot. À dater de ce jour, leur amitié prit fin.

Chose singulière : si Charles était de tous les films de Jean-Paul, il était aussi de tous ceux de Claude Lelouch, autre ami intime. Or quand « le Grand » tourna *Itinéraire d'un enfant gâté* puis *Les Misérables*, Gérard fut écarté du générique. C'est dire la puissance de la colère de la star…

« Jean-Paul, quand il quitte quelqu'un pour des raisons graves, c'est fini, remarque Charly Koubesserian. Je pense que cela vient de ses origines. D'abord il est

142

du signe du Bélier et ensuite ses origines italiennes provoquent un très grand respect de l'amitié et de la famille. Il considère qu'à partir du moment où quelqu'un mange à côté de lui, chez lui, quatre ou cinq fois dans le mois, il fait partie de la famille. S'il le trahit, c'est fini. Jean-Paul ne sait pas revenir en arrière. Il ne tend aucun piège, mais la trahison d'un ami finit toujours par apparaître… »

DEUXIÈME PARTIE
Sur un plateau

Au turbin

Trop souvent déglingués par une certaine critique engoncée dans des toges suintant la fausse vertu, les membres de la « bande » retrouvaient leur véritable dimension au travail, c'est-à-dire, pour le plus grand nombre, sur les plateaux de tournage. Tous étaient des pros. De sacrés pros. Rompus à toutes les ficelles du métier, madrés au soleil artificiel des projecteurs. Affirmant des personnalités d'autant moins malléables que, tous, au fil du temps, en avaient vu des vertes et des pas mûres. Toutes les couleuvres de l'industrie du septième art, ils les avaient avalées. Des producteurs véreux aux réalisateurs incompétents, des starlettes imposées à la suite d'une promotion canapé aux théâtreux déclamant comme dans une tragédie de Racine. Tout !

Un bruit ne cessait de courir dans le métier : on racontait qu'un jour, se retrouvant dans le bureau d'un producteur félon, en bord de quai de Seine, Lino, à bout d'arguments, empoigna le susdit, le plia sous son bras et s'en alla le jeter à l'eau. Le lendemain, il recevait son chèque… Ventura n'a jamais avalisé ni contredit cette anecdote. Elle lui servit de carte de visite auprès des membres de la profession…

Il fallait savoir les manier, ces couturés. Plus dangereux qu'un tigre aux aguets. Inutile de tenter la flatterie, ils reniflaient l'hypocrisie à cent pas. Des pros. Qu'il fallait traiter comme tels. Et qui attendaient un minimum de métier des personnes se présentant face à eux. En contrepartie, ils pouvaient tout offrir, à commencer par le meilleur d'eux-mêmes.

*

Jean Gabin donna le *la*, rapidement suivi par l'ensemble de sa formation musette, composée pour la majeure partie de virtuoses. Lui s'était imposé comme discipline d'arriver parmi les premiers sur le plateau. Une arrivée généralement assez discrète, car il détestait les effusions démonstratives. Les poignées de main, par exemple, ce n'était pas son truc. Point trop n'en fallait. Or, le matin, l'usage et la bienséance exigeaient que chacun secoue l'avant-bras de chacun en guise de bonjour. Et le soir, en guise d'au revoir. Avec les questions d'usage : « Ça va ? », « Et toi, ça va ? ». Multiplié par le nombre de techniciens travaillant sur un plateau puis par le nombre de jours de tournage, ça en fait des pognes à agiter. Pire qu'un politicard en pleine campagne électorale. Ça prend du temps. Et puis ça use l'épiderme, ça fatigue le biceps, ça épuise les muqueuses… Donc, Gabin n'était pas friand de telles pratiques. Ce qui lui fut beaucoup reproché.

Sa tranquillité passait avant son sens de la politesse. Conséquence : il avait érigé un principe d'airain.

« On se serre la pogne le premier jour et le dernier jour, expliquait-il. Parce que, sans ça, je vais avoir quatre-vingts mecs qui viendront me voir le matin en me demandant des nouvelles de mes enfants, de mes chevaux, de mes vaches… Et le soir, rebelote ! »

Une fois arrivé, Jean s'installait dans un coin. À l'écart mais dans un endroit suffisamment stratégique pour surveiller l'ensemble des activités. Il aimait avoir un œil sur tout. Il ne se retirait dans sa loge qu'exceptionnellement – en général pour changer de costume – et préférait s'asseoir en bordure de plateau. Vissé sur son pliant, il parlait peu et regardait beaucoup. Contrairement à beaucoup d'acteurs, Gabin aimait observer les techniciens s'affairer pour préparer la scène suivante. Respirant l'air ambiant. Habitude qui tendrait à prouver que, contrairement à ce qu'il répétait à l'envi, il adorait faire du cinéma.

« Gabin était un seigneur pas très causant, confia Jacques Deray. Chaleureux mais pas très causant ! Sur un plateau, il tirait son fauteuil à l'écart. Surtout pas de siège à côté de lui pour que personne ne vienne l'emmerder. Il était seul, à l'écart, et il regardait. On pensait qu'il était un peu indifférent à tout ce qui se passait autour de lui mais ce n'était pas vrai : il avait un œil, il observait. »

Non seulement le bleu de ses yeux traquait la moindre erreur mais il connaissait tout de la technique. En fonction de l'emplacement de la caméra, du choix de l'objectif, de l'éclairage, il savait très exactement comment il allait être filmé… Ce qui ne modifiait en rien son jeu !

Gabin avait besoin de solitude pour se concentrer. Sa fidèle habilleuse, Micheline Bonnet, n'était jamais loin mais avait appris à se faire discrète.

« On passait des heures sans parler… dit-elle. Alors, je levais le doigt et demandais : "On ne va pas parler un peu ?" »

*

En France, les horaires de tournage étaient alors de 12 heures à 18 heures, voire 19 heures. Aux États-Unis on démarrait et finissait plus tôt. Rompu à ces exigences, Jean arrivait sur le plateau à midi moins deux. « Tête faite et texte su », pour reprendre son expression. Il connaissait son dialogue par cœur et était au préalable passé au maquillage. Prêt à tourner, donc. Mais il est rare qu'un acteur soit immédiatement happé par les caméras. Du coup, Gabin allait s'installer dans son fauteuil, annonçant avec gourmandise : « Je vais casser une petite croûte. »

Son habilleuse lui préparait un sandwich qui eût rassasié une horde de hyènes affamées.

Ce fauteuil, l'acteur le quittait peu entre les prises. Excepté pour satisfaire des besoins naturels. Et pour téléphoner. Deux ou trois fois par jour, chez lui. Histoire de prendre des nouvelles de son épouse, de ses enfants et de sa ferme. L'un de ces appels tombait invariablement en fin d'après-midi : il s'assurait que ses deux filles et son fils étaient bien rentrés de l'école et qu'il n'y avait rien de spécial à signaler.

Sa progéniture était source d'inquiétude. Il craignait l'accident, l'agression, le pire.

« Je l'ai vu une fois au comble du bonheur, rapporta Audiard. C'était dans sa deuxième maison de Deauville, un soir, les gosses étaient rentrés, toutes les portes étaient fermées, il y avait son fils qui jouait par terre et il entendait sa fille jouer du piano au-dessus. Et là j'ai vu ce qu'était un homme rassuré et heureux. »

Derrière les caméras, ses partenaires pouvaient le rejoindre. À condition de se faire discrets, de fumer la pipe, de lire le journal ou de potasser le scénario. En silence. Exceptions acceptées pour certains de ses potes. À condition de parler sports, chevaux et bouffe.

Gabin n'étant pas à prendre avec des pincettes, certains entamaient avec lui une sorte de jeu du chat et de la souris. Tout en subtilités. Ainsi Robert Dalban, lorsqu'il essuyait un vague grognement après le bonjour du matin, allait s'asseoir à trois mètres de Jean. Il lisait tranquillement son journal et savait qu'au bout d'une demi-heure, Gabin le hélerait :

« Qu'est-ce que tu fous là-bas ?

– Ben, j'attends qu'on nous appelle !

– Tu boudes ? »

Il lui faisait signe de se rapprocher pour entamer la conversation. Laquelle démarrait bien souvent sur le nez proéminent de Dalban :

« T'as un drôle de tarin, toi.

– Le tien n'est pas mal non plus, répondait Robert du tac au tac.

– Quand tu te mouches, t'as pas l'impression de serrer la main d'un pote ? »

*

Philippe Noiret réussit à franchir le mur glacial érigé par Gabin et découvrit la chaleur du sacré monstre.

« À partir du moment où nous nous sommes rencontrés, écrivit-il, nous avons entamé une conversation à bâtons rompus, qui reprenait chaque matin. Quand il aimait bien les gens, il parlait volontiers. C'était quelqu'un qui ne se laissait pas emmerder. Il n'était jamais désagréable : il se contentait de se montrer très réservé. »

Ensemble, ils devisèrent avec humour et philosophie sur la famille, les vacances, les chevaux et la Normandie...

Annie Cordy, qui, pourtant, ne fut que brièvement la partenaire de Jean pour *Le Chat*, en garde un souvenir inoubliable :

« Je n'ai tourné que quarante-huit heures, mais quel régal. Entre les prises avec Gabin on ne parlait que de bouffe et de cyclisme. Moi j'en étais à mon quatrième Tour de France, pas en tant que cycliste mais en tant qu'accompagnatrice, chantant le soir sur les podiums. Gabin me demandait des détails sur les coulisses. Il me parlait aussi des coureurs belges, qu'il surnommait "les flahutes", et des grandes courses qui avaient lieu en Belgique. Jamais il ne parlait de son rôle... Je ne suis pas vraiment restée en contact avec lui, mais quand il a tourné *L'Année sainte*, qui fut son dernier film, il m'a demandé d'être sa partenaire. Hélas, j'avais un contrat pour une tournée au Canada et il n'était pas question de l'annuler. J'ai donc dû dire non, et c'est Danielle Darrieux qui a joué ce rôle. »

*

Les extérieurs des *Grandes Familles* avaient pour décor la ville de Soissons. Un jour, Julien Carette, de passage, vint rendre visite à son ami Gabin. Ils s'installèrent à l'écart et, à grand renfort de souvenirs et de soupirs, évoquèrent le « bon vieux temps ». Carette n'avait rien perdu de son cynisme ni de sa mauvaise humeur.

Jean Becker, alors assistant réalisateur, interrompit leur babillage pour venir chercher monsieur Gabin. L'acteur se leva et marcha vers la caméra de son allure seigneuriale.

Dans son dos, retentit une voix marquée par son accent parigot, celle de Carette :

« On dit qu'il a une démarche inimitable. C'est faux : il a des hémorroïdes ! »

Jean se retourna lentement, regarda son ami en secouant légèrement la tête et répondit :

« Pauvre con. »

Julien ne moufta plus.

*

Afin de déjouer toute tentative d'intrusion, Gabin mit au point un truc : il regardait fixement le sol.

Quiconque s'approchait de lui ne pouvait voir ses yeux. Et il fallait une sacrée bonne raison pour le déranger !

« Je suis un vieux libertaire, affirmait-il. Tout le monde peut faire ce qu'il veut… du moment qu'on vient pas m'emmerder ! »

Un jour qu'Audiard lui reprochait son tempérament bougon, il s'emporta :

« Tu ne vas pas dire que j'ai mauvais caractère !

– Oh qui dirait ça ? Je ferais rire tout le monde…

– C'est une légende, le coup du mauvais caractère. J'ai du caractère, c'est tout ! »

Légèrement agacé par cette formule à l'emporte-pièce que Jean aimait à répéter, Henri Verneuil s'amusa à le taquiner tout en remettant certaines pendules à l'heure :

« Jean, mais tu es un emmerdeur authentique ! Tu es un emmerdeur avec ta femme. Ne me dis pas non, elle me l'a dit ! Tu es un emmerdeur avec tes enfants. Parce que je viens chez toi, et je vois la vie que tu leur mènes ! Tu es un emmerdeur avec les techniciens ! Il n'y a pas de raison pour que tu ne sois pas un emmerdeur avec ton metteur en scène ! »

Il est vrai que Gabin finit par admettre :

« Je suis un révolté naturel… Les contestataires de maintenant n'ont rien inventé : j'ai toujours été contestataire ! »

Jean Delannoy, qui le dirigea six fois, découvrit un autre homme lorsqu'il lui demanda d'incarner un juge pour enfants dans *Chiens perdus sans collier* :

« On parle volontiers du mauvais caractère de

Gabin, de son côté bourru. C'est vrai qu'il n'est pas toujours à prendre avec des pincettes. Mais, cette fois, à cause des gosses il a été merveilleux de compréhension. J'ai eu la révélation de sa profonde humanité. J'ai appris à aimer les hommes pour ce qu'ils gardent d'enfance en eux. Gabin est de ceux-là. Il y a dans l'œil de ce monstre sacré une innocence qui ne trompe pas et, quand il le faut, une bonté, le seul sentiment qu'un comédien ne puisse exprimer dans son jeu sans vraiment l'éprouver. »

*

Lino Ventura ressemblait beaucoup à Gabin. Ils étaient faits du même bois.

« Il m'arrive de me mettre en colère, admettait-il. On dit que je n'ai pas tellement bon caractère. Je suis impatient, coléreux, boudeur. Mais absolument pas vindicatif. Je n'ai pas de rancune. Tous les griefs que je puis avoir contre quelqu'un sont bien vite oubliés. »

Pas si sûr…

Lui aussi restait sur le plateau, légèrement à l'écart. Seul. Assis sur un siège ou sur tout ce qui pouvait accueillir sa massive silhouette, il observait en sifflotant légèrement. Par moments, il prenait sa tête entre les mains pour mieux s'isoler du bruit… Le reste du temps, son regard d'aigle volait d'un endroit à un autre. Il se dégageait de cet homme une telle force que personne, absolument personne, n'osait le perturber. Un lion que tous prenaient soin d'éviter. Même si un technicien avait à récupérer un objet situé derrière Lino, il effectuait un grand détour afin d'éviter à tout prix d'entrer dans son champ d'action.

« J'eus du mal à établir le contact avec Lino Ventura qui me rappelait étrangement Gabin, rapporta Brigitte Bardot. Lino, le solitaire, ne se mêlait à rien. Sitôt le tournage terminé, il disparaissait sans même dire "au revoir", renfermé sur lui-même, l'air éternellement soucieux. Parfois, au hasard de nos recherches d'un restaurant à peu près acceptable, nous le trouvions attablé, seul, préoccupé à dénicher le plat exceptionnel de la carte. C'est par le biais de cette recherche de gourmandise que j'arrivais à approcher un peu ce gourmet déçu. [...] Et puis Jean-Pierre, mon coiffeur, était fou de jeu de tarots, Lino aussi ! Au travers des petits plats et des jeux de cartes, j'arrivais à apprivoiser un peu cet ours mal léché (mais au fond de lui-même aussi adorable que vulnérable) qu'était Lino Ventura. »

*

La plupart des partenaires de Gabin surent trouver la faille laissant entrevoir l'amitié. D'autres n'y parvinrent pas. Parmi ces derniers, Louis de Funès.

Au départ, ils sympathisèrent lors des prises de vues de *La Traversée de Paris* et du *Gentleman d'Epsom* – où Louis n'occupait que des seconds rôles.

« À l'époque, Jean et Louis de Funès s'admiraient l'un l'autre et le tournage a été très agréable », confirme Gilles Grangier, réalisateur du *Gentleman*.

Jean invita même les de Funès, père, mère et enfants, chez lui, en Normandie.

« Après un copieux déjeuner, il nous emmena visiter son domaine, rapporta Patrick de Funès. Il prenait plaisir à nous montrer ses chevaux, et surtout ses vaches. Déjà passionné par les animaux, j'étais aux anges. Un fragment de bouse, expédié par la queue d'une vache, vint soudain s'écraser sur son magnifique polo gris… Il se décrotta sans un juron et, flegmatique, poursuivit la visite. »

Les choses se gâtèrent au moment du *Tatoué* – où Louis s'était hissé au rang de covedette.

Le tournage fut long et difficile. En partie du fait d'un scénario sans cesse réécrit – y compris pendant les prises de vues –, mais aussi à cause de la personnalité des deux comédiens. De Funès reprocha à son collègue de repousser toute forme de cordialité.

À une journaliste venue lui demander ce qu'il pensait de Gabin, il répondit : « Charmant. Mais le travail fini, pftt… »

Louis tenta vainement de donner plusieurs explications à ce comportement : « Gabin, quand il est mal luné, c'est autre chose. Il fume trop, alors, il est parfois de mauvaise humeur. J'en sais quelque chose : j'ai fumé beaucoup. »

Ou : « C'est un grand bonhomme. Il y a peut-être une chose qui fait que ça ne collait pas entre nous. Par timidité, je lui disais "vous" et lui me tutoyait. Je crois qu'il aurait été beaucoup plus gentil avec moi si je l'avais tutoyé… »

Seulement pour tutoyer le Jean, il fallait se lever de

bonne heure. Rares, très rares furent ceux qui bénéficièrent d'un tel privilège. Ce qui surprit Mireille Darc lorsqu'elle tourna *Monsieur* à ses côtés : même le réalisateur Jean-Paul Le Chanois ne parvenait pas à tutoyer l'acteur avec qui il tournait son troisième film !

Le hic était que les repas ne risquaient pas de rapprocher Gabin et de Funès. Alors que le premier attendait ce moment avec impatience et en profitait pour renouer le fil de l'amitié, le second s'en désintéressait complètement. Il mangeait très peu, de peur de perdre son énergie. Raisonnement incompréhensible pour Jean !

Dès le deuxième soir du tournage du *Tatoué* chacun put palper la tension qui alourdissait déjà l'atmosphère. Acteurs, réalisateur et techniciens se retrouvèrent dans la salle de projection des rushes, c'est-à-dire du travail de la veille. Quelques minutes après le lancement des images, de Funès s'agita sur son siège.

« Que se passe-t-il ? finit par lui demander Denys de La Patellière.

– Ce n'est pas bon… Pas bon du tout…

– Mais quoi ?

– Regardez les couleurs : on dirait que j'ai la jaunisse ! »

Alors une voix sépulcrale résonna non loin de là. Celle de Gabin :

« Moi, on dirait que j'ai la rougeole mais je ferme ma gueule ! »

L'explication sur le fossé séparant les deux vedettes se trouve peut-être ailleurs : Louis avait besoin de se sentir aimé, entouré ; pas Jean. L'un puisait sa force dans le regard des autres, l'autre se régénérait dans sa solitude. Ce que constata, indirectement, la journaliste Jacqueline Cartier venue faire un reportage sur *Le Tatoué* : « La scène mise en boîte, Gabin fonce comme un bulldozer vers son fauteuil abrité dans un bout de décor qui ne sert pas aujourd'hui tandis que de Funès regagne le sien à l'autre bout du studio… Louis de Funès se sent pousser des talons rouges : il reçoit gentiment un petit jeune homme qui vient lui proposer un scénario puis un producteur connu qui vient lui en proposer un autre. Dans ce visage, dont les fureurs ont fait la célébrité, il met un sourire irrésistible. »

D'autres témoins, plus proches, rapportèrent les relations difficiles entre les deux vedettes.

Jean-Pierre Darras : « Je me souviens les avoir vus ensemble sur le plateau du *Tatoué*. Cette image me revient d'eux se tenant très près l'un de l'autre… Je leur dis respectivement bonjour. Gabin, immédiatement, me fit : "Vous le connaissez, le clown ?" Un silence suivit. Quel malaise !… »

Les deux champions du box-office ne se réconcilièrent que trois ans plus tard, à l'occasion d'une visite impromptue de Louis sur le plateau du *Chat*.

*

D'autres que de Funès durent supporter l'ire glaciale de Gabin. Certains furent trop inconscients pour s'en rendre compte. Gilles Grangier racontait qu'un comédien de second ordre – dont, hélas, il tut le nom – avait tapé sur les nerfs de Jean dès le premier jour de tournage. Convaincu d'être à tu et à toi avec le monstre sacré, ce monsieur ne cessa de s'en approcher, de lui parler, presque de le prendre à partie. Mâchoire serrée, Jean ne pipait mot. L'autre, prenant ce silence pour un consentement, persévéra. Vint enfin le dernier jour de tournage. Le quidam s'empressa d'aller saluer son « nouvel ami » :

« Quelle joie d'avoir travaillé avec vous. J'espère que nous rejouerons prochainement ensemble. À bientôt, donc, cher ami. »

Et Gabin de desserrer enfin les dents :

« Ah non, monsieur, pas de menaces ! »

*

Assis dans son coin, Jean surveillait tout, s'intéressait à tout. Il voulait connaître le film dans son ensemble, intégrant son rôle dans l'unité et ne faisant jamais bande à part.

Il veillait également à la bonne marche du film. Parfois son bon sens paysan reprenait le dessus. Ainsi, lors du tournage de *La Horse*, il s'assura qu'aucun mal ne serait fait aux animaux. D'où cette annonce qu'il fit à la télévision :

« Que les âmes sensibles soient tranquilles : il n'y a pas eu une vache de tuée. Elles ont été endormies. Il y en a quelques-unes de mortes mais elles étaient mortes avant. C'est un équarrisseur qui nous les a ramenées et nous n'avons pu tourner que deux heures avec elles… Toutes les autres ont été endormies. Il y avait deux vétérinaires avec nous. Par conséquent, nous n'avons rien à nous reprocher. »

Le soir, à l'heure dite, Jean prenait ses cliques et ses claques et rentrait chez lui. Une attitude qui en décontenança plus d'un. Mais Gabin se montrait intransigeant : pas question de dépasser l'horaire. À six heures du soir (ou sept heures dans certains cas) précises, qu'il pleuve, qu'il neige ou qu'il vente, il saluait la compagnie, endossait son pardessus et s'en retournait chez lui. Non parce qu'il rechignait à travailler, mais ses soirées avec ses enfants étaient sacrées. Et il connaissait suffisamment les alevins du cinéma pour savoir que s'il acceptait de donner le petit doigt, on lui arracherait le bras tout entier.

« Sur chaque tournage, chacun se plie de plus ou moins bonne grâce aux dépassements d'horaire, remarque Annie Girardot. Gabin, lui, pas question. Il respecte les horaires et exige qu'on ait la même exactitude que lui. Tout le monde le sait, la production ne lui demande même pas de rester, exceptionnellement, une demi-heure supplémentaire. Un jour qu'assis tranquillement dans un fauteuil il attend qu'on l'appelle pour jouer, une sonnerie de réveil retentit. Tout le monde sursaute. Gabin se lève, regarde l'assemblée autour de lui, prend son manteau, ses affaires et dit : "Bonsoir. À demain." Et il sort. Il est six heures pile. Sa journée est terminée. Personne n'a jamais trouvé à y redire. Finalement, je crois qu'il avait raison. C'est ainsi qu'il a pu préserver sa vie privée, s'adonner à d'autres passions que son métier. »

Hors de question de dépasser l'horaire d'une

minute. Sauf circonstances exceptionnelles, prétexte qu'utilisa Pierre Granier-Deferre sur le tournage du *Chat*. Il fallait terminer un plan. Rien qu'un
plan. L'acteur ne fut pas dupe. Il jeta un coup d'œil
circulaire sur les techniciens en train de s'affairer et
répondit :

« Vous allez mettre deux heures pour tout préparer et moi vingt secondes pour envoyer les pas-
tilles[1]. Alors on verra ça demain. »

*

Par son allure seigneuriale, par ses piques en
forme de râleries, Jean pouvait terroriser un plateau. Tel fut le cas lors du *Pacha*, au cours duquel
Georges Lautner et son équipe de débrouillards
efficaces furent, au moins au début, impressionnés
par monsieur Gabin. Tous avaient le trouillomètre à
zéro, comme on disait alors.

Dès le premier jour, l'acteur imposa sa marque.
Lautner avait eu l'idée de filmer son ombre se pro-
filant sur une porte. Image qui devait être suivie par
un gros plan du visage impassible de Gabin.

« Vous croyez vraiment que c'est utile ? demanda
le comédien. Vous ne pensez pas que les spectateurs
m'auront déjà reconnu avec mon ombre ? »

Il n'y eut pas de gros plan.

En tout cas, pas à ce moment. Il y en eut d'autres,
ailleurs. Trop, selon Jean, plus habitué aux longs
plans-séquences durant lesquels il pouvait débiter

1. Dire son texte.

ses tirades. Le tournage n'avait pas encore franchi le cap de la première semaine que Gabin « convoqua » Lautner. Ce dernier s'approcha de la loge non sans crainte. Il vit l'habilleuse en sortir.

« Eh ben, ça va être votre fête ! »

Georges entra pour se voir demander des explications sur sa méthode de travail. Il réclama un délai, les images parlant mieux que les mots. Quelques jours plus tard, il projeta à Gabin le montage d'une scène où alternaient gros plans et plans larges. Efficace ! Plus aucune once de discorde ne sépara les deux hommes.

Quand Lautner montra la voiture choisie pour le commissaire Joss, *alias* Jean Gabin, une Matra sportive et courte sur pattes, Jean s'enquit, faussement affolé :

« Vous n'allez quand même pas me faire monter dans ce suppositoire ? »

*

Jouer au cinéma est un métier à risques. Belmondo et Delon sont là pour le prouver. À force de faire des cascades, ils ont eu leur lot d'ecchymoses et d'os brisés. Il existe d'autres « accidents du travail », moins spectaculaires, sans doute, mais nettement plus embarrassants.

Bernard Blier raconte l'un d'eux, survenu lors du tournage d'*Hôtel du Nord*.

Il y jouait le mari de la belle Arletty. Mari cocu, certes, mais mari quand même. Fort logiquement, il partagea la couche de la dame pour une scène. Or

Arletty y apparut peu habillée. On n'endosse pas un manteau de fourrure quand on va se coucher.

À force de se frotter à elle, Bernard eut, en un endroit bien précis de sa personne, une réaction typiquement masculine. Marcel Carné faisant plusieurs prises, le couple resta longtemps au lit et Bernard eut plusieurs fois l'occasion d'exprimer sa tendresse.

Enfin la scène fut dans la boîte.

« C'est parfait, mes enfants, lança Marcel, vous pouvez vous lever. »

Arletty quitta le lit avec le sourire. Elle avait senti l'embarras de son partenaire. Bernard refusa de sortir du lit et pria la comédienne de l'en excuser.

« T'excuse pas, mon petit, répondit Arletty, pour moi c'est plutôt flatteur ! »

*

Un point commun entre tous les membres de la « bande » : le dégoût de la familiarité. Ce n'est pas parce que vous êtes une vedette populaire que chacun peut se permettre n'importe quoi. Signer des autographes, à la rigueur – encore que les avis divergent sur la question, Belmondo a toujours dit oui, Ventura se montrait plus réticent –, se faire photographier avec un bébé inconnu dans les bras ou avec un olibrius que vous voyez pour la première et dernière fois, pourquoi pas ? Mais, bon, dans tous les cas, fallait pas abuser.

« Si l'on veut garder sa dignité, expliquait Lino, il faut savoir se faire respecter. À mes débuts, certains producteurs croyaient bon, en m'abordant, d'adopter le ton de la familiarité un peu canaille. Ils ont été étonnés – et un peu déçus, j'imagine – d'apprendre que je ne me promenais pas avec une mitraillette dans ma voiture et que je ne "protégeais" personne du côté de la Madeleine. »

Qu'on se le tienne pour dit.

Être acteur

« Cet ours, que certains imbéciles de journalistes croient analphabète, est un gros chien pas si ignorant que cela. Il respire le vent, il hume la température, il est à la fois la boussole, le thermomètre et le baromètre de sa vie. Il est toujours en chasse. En ayant l'air de dormir (avec des insomnies), il aime son métier d'acteur en faisant croire à lui-même qu'il n'aime que ses pantoufles et sa campagne. En réalité, il s'aime tel qu'il est et surtout tel qu'il aurait voulu être, et il aime se regarder dans une glace et se voir avec un autre costume que le sien. C'est un vrai comédien. Il ne fera jamais ses adieux, il aime trop être un autre car il sait bien, sans s'en rendre compte, qu'il est mieux dans la peau d'un autre que dans la sienne. Tous les personnages qu'il incarne sont ses rêves et ils parlent un langage inconnu. Voilà pourquoi non seulement il les joue bien, mais il les fabrique bien et de tout son cœur. »

Acteur lui-même, Pierre Brasseur cernait avec finesse la personnalité de celui qui fut son ami et qu'il connut dès ses débuts. Gabin aimait jouer. Bien qu'il vitupérât contre le cinéma, bien qu'il traitât l'ensemble de ses collègues de « cinglés », il ne pouvait se passer ni de la chaleur des projecteurs ni de l'œil scrutateur de la caméra. Et, comme l'avait pressenti Brasseur, il ne prit jamais sa retraite, s'éteignant peu après le tournage de *L'Année sainte*.

Il avait encore des projets plein les poches, dont une comédie avec Jean Carmet. Plus *L'Insulaire*, l'histoire d'un vieil obstiné, ancien contremaître, qui refuse de vendre aux vautours de l'immobilier la maison où il a toujours vécu. Un film qui devait être réalisé par son pote Gilles Grangier et dialogué par son pote Michel Audiard sur un scénario de son pote René Fallet. Ç'aurait été, en quelque sorte, le prolongement des premières scènes de *Mélodie en sous-sol*... Sans oublier la proposition que lui avait faite Sergio Leone, grand ami de Verneuil, de jouer dans son futur *Il était une fois en Amérique*...

*

Gabin, comme tous les membres de la « bande », prenait son métier à cœur.

« Moi, disait-il, je ne sais pas si je joue bien mais je paie toujours comptant. La condition pour bien faire c'est de faire consciencieusement son boulot. Je fais de mon mieux. Et puis, on est payé pour ça... »

Lorsque débuta la deuxième partie de sa riche carrière, il en infléchit progressivement le cours. Ainsi finit-il par abandonner les rôles de séducteur. Tenir une femme dans ses bras, avec ses cheveux blancs, ça ne lui convenait plus. D'autant moins depuis qu'il était devenu père de famille. En conséquence, il se mua, *grosso modo*, en patriarche ou chef de clan. Les femmes étaient toujours présentes, mais à côté de lui, non plus en face.

Parallèlement, il n'hésitait plus à se vieillir comme il le fit pour *Le Président*, *Archimède le clochard*, *Les Vieux de la vieille* et, dans une moindre mesure, *Le Chat*.

Mais, surtout, il se montrait préoccupé par les valeurs morales que défendaient ses personnages. Quels que soient leur apparence et leur parcours, il exigeait d'eux de la rigueur, de la probité et le sens d'une certaine justice (souvent personnelle, d'ailleurs). Même s'il acceptait de jouer les truands, il fallait qu'ils affichent bien haut un code de l'honneur – d'ailleurs rarement en phase avec la réalité de la voyoucratie, où l'on flingue à tout-va. De *Touchez pas au grisbi* au *Clan des Siciliens*, ses gangsters furent avant tout des hommes d'honneur, ce qui, au passage, permettait de faire oublier qu'ils sévissaient du mauvais côté de la loi.

Lino Ventura le suivit à cent pour cent dans cette approche, estimant qu'un acteur doit donner l'exemple :

« Je ne peux pas devenir le marquis de Priola[1], ni jouer les grandes scènes d'amour ! Question de pudeur : j'aurais presque honte de le faire... »

Quand Jean accepta d'incarner le patriarche de *L'Affaire Dominici*, ce fut parce qu'il était

1. Personnage (et titre) d'une pièce d'Henri Lavedan (1902), sorte d'adaptation de la légende de Don Juan.

intimement convaincu de son innocence. De même Lino se mua en préfet Dalla Chiesa parce qu'il admirait son combat contre la mafia sicilienne, qui lui coûta la vie.

« Lino possédait une telle personnalité qu'il n'acceptait pas un rôle si celui-ci ne venait pas à lui, constate Claude Pinoteau. C'était un acteur d'instinct. Il avait besoin de se sentir à l'aise. Il ne faisait aucun compromis avec le personnage. Ou bien il refusait un film – ou un rôle –, ou, s'il l'acceptait, il fallait qu'il y ait des affinités entre lui et le rôle, même au-delà du film. Des affinités qui s'établissaient presque par rapport à la rigueur que Lino affichait dans la vie. C'est-à-dire que Lino était un être très rigoureux et que cette rigueur se retrouvait dans le choix de ses rôles. »

Pourtant cette notion d'acteur modèle finit par s'estomper avec le temps. Si Delon et Belmondo continuèrent de jouer des « héros », quel que soit le sens donné à ce terme, ils osèrent aussi s'aventurer dans des contre-emplois : les déchus de *La Sirène du Mississippi* et de *Notre histoire* n'avaient plus grand-chose d'héroïque. Quant au parcours de Depardieu, il se dessine de façon pour le moins atypique, comparé à celui de Gabin. Autres temps, autres mœurs.

André Brunelin, qui fut longtemps le secrétaire de Gabin, constatait :

« Jean ne voulait, en définitive, jouer qu'un personnage qu'il connaissait bien : Jean Gabin. Il gommait du personnage qu'il avait à interpréter tout ce qui n'était pas "lui", autrement dit tout ce qu'il ne ressentait pas personnellement : ses sentiments, sa vision de la vie, sa moralité très stricte, son intransigeante intégrité, etc. » Aux États-Unis, Spencer Tracy fit exactement de même...

*

La première étape, pour un comédien, consiste à choisir les scénarios. Pas facile quand on en reçoit des dizaines de toutes provenances. Déjà en 1968 Ventura expliquait qu'il avait lu trente-six scripts en six mois et qu'il les avait tous refusés car trop semblables à ceux qu'il avait déjà joués ou trop mal foutus. En 1977, les choses n'avaient pas changé :

« J'aime les histoires bien structurées, dit-il. C'est mon côté cartésien. On m'a proposé cinquante scénarios, peut-être plus, mais rien là-dedans, le néant. De la mauvaise littérature. Et pourtant, rester en congé, dans notre métier, est difficile. Vous ne tournez pas et tout le monde, bons amis ou mauvais copains, s'écrie : "Lino Ventura est terminé ! Il n'a plus la cote..." Vous vous laissez faire, vous jouez dans un navet et on ne vous ménage pas : les critiques se déchaînent, vous jettent aux orties, vous piétinent. »

La plupart des comédiens ont leur petit rituel pour lire un scénario. Chez eux ou dans un endroit choisi. Au calme. Téléphone débranché. Nécessaire pour une concentration optimale. Car c'est à eux d'imaginer en images ce que les auteurs racontent avec des mots. Exercice d'autant plus difficile que leur vision ne correspond pas forcément avec celle du metteur en scène.

Belmondo n'aime pas cette épreuve de la lecture et

fait tout pour la repousser. Il lui faut, parfois, la pression du producteur et du réalisateur pour s'acquitter de cette tâche. Mais, comme quasiment tous ses collègues, il a un « œil sûr » et décèle rapidement les failles d'une histoire autant que les faiblesses d'un personnage.

À ce jeu-là, le maître restait Michel Audiard. Il surpassait tout le monde de plusieurs casquettes. Plutôt médiocre constructeur d'histoires si on le laissait seul face à la feuille blanche, il se révélait imparable dès qu'on lui présentait une trame déjà construite. En quelques mots, il mettait à jour les erreurs et donnait de nouvelles pistes à suivre. Le nombre de scénarios qu'il a ainsi « critiqués » puis « aidés » est colossal. C'est pour cela qu'il fut considéré comme « l'éminence grise » du cinéma français, qui lui doit énormément.

Gabin et Ventura obéissaient à un rituel différent : ils ne lisaient pas, ou peu, les scénarios. Préférant qu'on les leur raconte.

Jean « convoquait » son petit monde chez lui : scénariste, réalisateur, producteur. Lui s'installait confortablement, cigarettes à portée de main, et ouvrait grand ses oreilles. Chaque mot comptait. Il pouvait interrompre à tout moment la narration. Ce qui était mauvais signe.

Quand Verneuil et Audiard vinrent lui parler d'une « formidable » histoire pleine de rebondissements avec un « rôle en or » d'aventurier, Jean écouta avec son calme habituel. Jusqu'à ce qu'il soit question d'un bateau.

« Et il m'emmène où ce bateau ? s'enquit-il *ex abrupto*.

– Eh bien, avança Henri, nous avons prévu huit jours de tournage en Afrique. »

Réponse cinglante, nette et définitive :

« Pas question ! »

Jean détestait les voyages, et encore plus prendre l'avion. L'Afrique ? Ces messieurs étaient en plein délire. Revoyez vos copies ! Ce qui fut fait. Et donna naissance à *Mélodie en sous-sol* qui n'avait rien, mais alors vraiment rien à voir avec le projet initial.

Gabin avait toutes sortes d'*a priori*. Quand Jean Delannoy lui annonça qu'il devrait porter un monocle pour les besoins du *Baron de l'écluse*, il fit la moue. Sur le plateau, il consentit à faire des essais. Infructueux.

« Ta connerie de monocle, je ne peux pas la faire tenir ! J'ai pas l'œil pour ça… On le supprime ! »

Le réalisateur trouva l'argument *ad hoc* :

« Si tu ne l'as pas quand tu seras sur ton yacht en grande tenue, tu n'auras pas l'air du capitaine, tu ressembleras à un patron de bateau-lavoir. »

Estimant cette remarque recevable, Gabin mit de la colle sur le monocle. Qui tint en place… mais lui provoqua de l'urticaire !

*

Lino aussi invitait les auteurs chez lui. Dans une bonne ambiance. Alcool à discrétion et cigares à disposition. Se sentir à l'aise. Autant qu'on pouvait l'être face à un juge de la stature de l'ex-lutteur. Lui se calait dans son fauteuil, toujours le même, allumait sa pipe et attendait la suite des événements.

Une véritable épreuve. Ceux qui le connaissaient bien savaient déceler dans son attitude s'il appréciait ou non. Les autres attendaient le verdict. Qui tombait plus ou moins rapidement. Car lui aussi pouvait couper court à la narration.

Quand Audiard et de Broca vinrent lui parler de ce qui allait devenir *L'Incorrigible*, ils chutèrent très rapidement. Pour une fois, le cadre en était non point le domicile du comédien mais un bistrot de la rue Mac-Mahon à Paris. Pour amadouer le colosse, ils commencèrent par évoquer les grandes lignes du sujet :

« C'est l'histoire d'un ancien truand qui s'est retiré des voitures mais qui monte un dernier gros coup avant de partir définitivement. »

Classique. Mais alléchant.

Sur ce, ils entrèrent aussitôt dans le vif du sujet de cette future comédie sur fond d'action. La scène d'entrée valait son pesant de cacahuètes :

« Au début du film, dirent-ils, tu es déguisé en dame pipi dans un grand hôtel, avec une soucoupe devant toi. »

Lino n'en crut pas ses oreilles :

« Messieurs, si vous êtes venus ici pour vous foutre de ma gueule, je préfère partir ! »

Il partit. Et personne ne vit jamais monsieur Ventura travesti en dame pipi ! Ce que l'on est en droit de regretter…

Le scénario, modifié de fond en comble, devint *L'Incorrigible*, que Belmondo s'empressa d'accepter. Il y apparut en travesti… mais non en dame pipi !

Pour des raisons similaires, Ventura refusa *Le*

Téléphone rose, écrit par Francis Veber. Motif :
« Lino Ventura ne tombe pas amoureux d'une
pute ! »

Le scénariste lui fit remarquer que ce n'était pas
lui qui tombait amoureux mais son personnage, différence de taille. De plus, Lino avait, par le passé,
joué sans ciller des brutes sanguinaires (dans *Le
Rouge est mis*, notamment) ; comparativement, être
épris d'une péripatéticienne semblait faute légère.

Le comédien n'en démordit pas : « Lino Ventura
ne tombe pas amoureux d'une pute ! »

Pierre Mondy tint le rôle principal du *Téléphone
rose*.

*

Jean Gabin n'était pas acteur à « préparer son rôle
sur le terrain ». S'il devait jouer un flic, il n'allait
pas faire un stage au 36, quai des Orfèvres et, pour
camper un truand, il n'allait pas non plus fréquenter
certains bistrots parisiens.

Parfois, pourtant, il fut obligé de se faire violence.
Tout particulièrement pour *Le Cas du docteur
Laurent* où il jouait un gynécologue accoucheur :

« J'étais chargé de montrer les accouchements à
Gabin, expliqua Pierre Granier-Deferre, alors assistant, car Le Chanois s'était "dégonflé", mais c'était
normal parce qu'il avait peur des réactions de Jean
Gabin. Au départ Jean ne voulait pas voir les accouchements parce qu'il trouvait cela affreux. Or, il fallait qu'il y assiste. Il suffisait qu'il voie une fois une
chose, un geste, pour prendre exactement ce geste au

tournage, c'était formidable. Pour ma part, j'avais déjà vu ma femme accoucher mais Jean Gabin n'avait jamais assisté à cela. Il a donc été avec moi pour voir cinq ou six accouchements classiques, dont plusieurs, d'ailleurs, se sont assez mal passés. Après, nous avons assisté à des accouchements sans douleur. Il a vu la différence et il a marché… »

*

Bernard Blier fréquenta un autre genre d'établissement pour un autre genre de film.

« Un jour, dit-il, j'ai tourné à la morgue. J'ai parlé avec les préposés et ils m'ont expliqué qu'il y avait plus de suicides à certaines heures et à certaines saisons. Le printemps est une bonne période pour les suicides. Un type m'a dit : "Au printemps et en septembre, on a de bonnes rentrées !" »

*

Une fois le rôle taillé à ses mesures, Gabin ne cessait de le peaufiner jour après jour. Dès son arrivée sur le plateau, l'une de ses principales activités consistait à réviser avec minutie ses répliques de la journée.

« Je coupe des mots ou j'en rajoute, pour me les mettre dans l'estomac », disait-il.

Sans ce travail, impossible pour lui de retrouver son légendaire naturel.

« Les paroles doivent sortir par les yeux, ajoutait-il. Si on ne pense pas ce qu'on dit, ça se voit dans

176

l'œil. Il faut le penser. Pour le penser, il faut arriver à bien le dire, et pour bien le dire, il faut que ce soit facile. C'est pourquoi je m'arrange toujours pour ramener le dialogue à moi. »

Le crayon à la main, il corrigeait, amputait, allégeait. Quand la modification prenait trop d'importance, il en référait au metteur en scène qui, parfois, appelait le dialoguiste. À charge pour ce dernier de rappliquer dare-dare et de valider le changement ou de proposer autre chose sur-le-champ. Quand ledit dialoguiste se nommait Michel Audiard, il débarquait en maugréant, affirmant qu'on le perturbait dans ses travaux d'écriture. Pieux mensonge qui cachait son envie de refaire le monde en compagnie de Jean Carmet ou d'un autre complice.

Grâce à ses coupures sur le texte, Jean s'imprégnait du rôle et donnait l'illusion d'une immense facilité, presque d'une grâce.

« Quand on travaille avec cette catégorie de comédiens, c'est assez étonnant, rapporta Danièle Delorme (qui fut sa partenaire dans *Les Misérables* et *Voici le temps des assassins*). On a l'impression que tout est simple, que ce qu'il fait, c'est comme ça et qu'on n'a plus qu'à répondre. L'art de jouer la comédie, qui nous semble si difficile, qui nous pose tant de problèmes, devient tout à coup limpide, simple, clair… C'est une bonne leçon mais c'est aussi un peu démoralisant, parce qu'on n'y arrive pas ! »

Michèle Morgan, qui le connut alors qu'elle débutait et le retrouva à plusieurs reprises par la suite, écrivit :

« Tourner avec Gabin, c'est une révélation, une troisième manière de jouer la comédie. Raimu, c'était la maîtrise d'un torrent, Boyer, le triomphe de la précision, une technique imparable. Gabin, c'est la vérité dépouillée, celle que l'écran impose. Il n'interprète pas son personnage, il le vit. Son naturel m'entraîne ; quand on joue au tennis avec son professeur, on renvoie plus facilement la balle. Avec lui mes répliques deviennent des réponses ! »

Belmondo aussi fut impressionné par cette aisance :

« Ce qui m'a frappé chez Gabin, et que je n'ai vu chez aucun autre acteur, c'est le passage immédiat du naturel dans la vie au naturel au cinéma. Je n'ai jamais pu voir la différence. Sur nos fauteuils, on était là tous les deux, on parlait de football et tout à coup on nous disait : "Il faut aller tourner", et il disait le texte d'Audiard exactement comme il était en train de me parler des résultats de football. Je regardais ça d'une manière extraordinaire. »

*

Ventura aimait revoir le dialogue, mais de façon totalement différente. Il ne s'autorisait pas à changer le moindre mot et préférait en discuter avec son auteur. Ce qui obligeait ce dernier à se rendre presque quotidiennement sur le tournage.

Lors des prises de vues du *Bateau d'Émile*, Lino fit venir Audiard à La Rochelle pour revoir avec lui les répliques du personnage principal. Pris par d'autres activités, Michel arriva le soir et passa une bonne partie de la nuit dans la chambre de l'acteur qui pointillait sur un bout de phrase. Des discussions à n'en plus finir.

Elles atteignirent leur point culminant au moment de *Garde à vue*, où Lino étudia avec Michel chaque phrase mot par mot, l'obligeant à effectuer d'innombrables coupures. Cela dura plusieurs mois. Audiard faillit y perdre son humour…

*

Quant à demander à Jean de s'expliquer sur sa façon de besogner, c'était une autre histoire.

« Écoute-moi bien, dit-il à Ventura, le secret je vais te le dire : t'as qu'à te laisser aller ! »

Sans doute plus facile à dire qu'à faire…

Dans la « bande », certains venaient du music-hall, d'autres du Conservatoire, d'autres… de la rue. Parmi ces derniers, Lino Ventura et Alain Delon, qui n'avaient jamais suivi le moindre cours et n'étaient même pas montés sur les planches en amateurs durant leur enfance.

« Si j'ai pu jouer "nature" dès mon premier film, estima Lino, je crois que c'est par mimétisme, à force d'avoir vu de grands acteurs à l'écran. »

Tandis que Gabin voyait des similitudes entre son métier et la boxe, Delon préférait dresser des comparaisons équestres :

« Avant un tournage, je me sens comme un cheval, un pur-sang. Je m'affûte moralement et physiquement pour être dans de bonnes dispositions. Par contre, pendant le tournage, je supporte difficilement que l'on me dérange. J'essaie d'être le plus disponible possible afin de me concentrer sur mon travail. »

Préoccupé par le besoin de bien faire, inquiet sur son jeu, Jean était totalement indifférent à la technique cinématographique. Qu'il fût filmé en gros plan, plan moyen ou plan large ne le concernait pas et n'avait aucune influence sur son art. De même, de face, de profil ou de dos, il lançait ses répliques avec la même assurance. Sa seule exigence concernait ses yeux. Quitte à lui filmer le faciès, autant mettre ses « châsses » en valeur – il était convaincu qu'une bonne partie de son succès était due au bleu de son regard.

Même pour son ultime film, il défendit cet avantage éminemment photogénique. Sitôt vu les premiers rushes de *L'Année sainte*, il convoqua le chef opérateur :

« Dis-moi, j'ai fait toute ma carrière sur mes yeux bleus ! Ils sont où, mes yeux bleus ? »

Dès le lendemain, le technicien modifia la lumière…

*

Parce qu'il avait besoin de spontanéité, Gabin détestait refaire la prise. Si un incident technique l'obligeait à recommencer, cela l'énervait. Il n'aimait pas se répéter, estimant perdre de sa fraîcheur au fil des prises. C'est pour cela qu'il gardait un souvenir plus que mitigé de son passage au théâtre. Rejouer chaque soir les mêmes scènes, les mêmes mots, avait fini par l'ennuyer.

Toutefois, pour *Le Pacha* il accepta de rejouer une scène… trente-deux fois ! Audiard lui avait concocté un dialogue aux petits oignons. Parmi ses répliques mémorables figurait celle-ci :

« Moi, le mitan, j'en ai jusque-là. Ça fait quarante ans que le truand me charrie. Je l'ai digéré à toutes les sauces et à toutes les modes : en costard bien taillé et en blouson noir. Ça tue, ça viole, mais ça fait rêver le bourgeois et reluire les bonnes femmes. Elles trouvent peut-être ça romantique, mais moi pas. Alors j'ai pris une décision : moi, les peaux-rouges, je vais plus les envoyer devant les jurés de la Seine ; comme ça y aura plus de non-lieu ni de remises de peine. Je vais organiser la Saint-Barthélemy du mitan. »

Or Jean s'était mis dans la tête de la dire en moins de trente secondes ! Il s'y reprit, reprit, reprit… jusqu'à obtenir totale satisfaction.

De même il détestait devoir se doubler. Parfois, en effet, pour des problèmes de son (notamment pour les scènes en extérieur), le comédien est obligé de relire son texte en studio. Gabin, Ventura et Belmondo n'ont jamais aimé cet exercice et s'y sont souvent révélés mauvais. *A contrario*, Delon se sent à l'aise dans cette épreuve, au point qu'il est difficile de repérer, dans ses films, les passages qu'il a réenregistrés.

*

Jean redoutait les scènes trop longues. Lui, son truc préféré, c'était être assis et balancer sa tirade.

Économie de mouvements, tout dans la voix ! Mais certains de ses réalisateurs aimaient faire bouger les choses… et les gens.

Jean-Paul Le Chanois, cinéaste très prévenant, essayait instamment de le faire marcher. À la fin d'une prise, il demandait :

« Jean, vous ne pourriez pas faire un petit pas par là, vers la droite ? »

L'acteur acceptait. Mais à force d'entendre la même question, il préféra prendre les devants :

« Alors, "monsieur Petits Pas", qu'est-ce que je fais maintenant ? »

Henri Verneuil s'ennuyait avec une caméra trop longtemps statique. Ce qui créa des heurts à au moins deux reprises.

Dans *Des gens sans importance*, Gabin jouait un chauffeur routier marié qui tombe sous le charme d'une ravissante serveuse officiant dans un hôtel-restaurant isolé. L'une des scènes clefs était le retour du mari au domicile familial. Heure : petit matin. Lieu : la cuisine.

Jean se serait bien vu assis à table en train de débiter son texte, qui tenait sur deux pages et demie. Henri trouvait cela trop figé. Le cinéma n'est pas de la radio en images ! Que peut faire un chauffeur qui a roulé toute la nuit dès son retour chez lui ? Manger ! Le cinéaste imagina que, tout en parlant, cet homme se préparait un solide casse-croûte. Il devait, donc, prendre les ingrédients (couteau, pain, beurre, saucisson) les uns après les autres et faire sa petite cuisine debout. Ce qui nécessitait un timing précis. Verneuil exigea que telle phrase correspondît à tel geste, et vice versa. De plus, il installa des rails pour faire rouler la caméra autour du comédien tandis qu'il se déplacerait dans la pièce. Ce qui irrita Jean qui regarda ces rails d'un air inquiet :

« Ce n'est plus un metteur en scène que j'ai, c'est un chef de gare ! »

Gabin ne se sortit pas de cet exercice au millimètre. Préoccupé par ses mains, il en oubliait son texte. Les prises se succédèrent : quinze, seize, dix-sept… Pour l'aider, l'accessoiriste plaça des antisèches en différents endroits. Ainsi, en ouvrant le tiroir pour prendre le couteau, Jean pouvait voir les phrases qu'il avait à dire. Mais, lors d'une prise, ledit tiroir se coinça. La goutte qui fit déborder le vase de la mauvaise humeur. L'acteur s'en prit vertement à l'accessoiriste, obligeant Verneuil à intervenir. Le ton monta. Le réalisateur menaça de quitter le plateau sur-le-champ. Gabin ne le retint pas. Allant au bout de sa menace, Henri fit demi-tour, alla chercher ses affaires personnelles, remercia les techniciens et quitta le studio de Boulogne-Billancourt.

En traversant la cour, il sut que sa carrière venait d'en prendre un rude coup. S'opposer à Gabin équivalait, au choix, à de l'inconscience ou à un suicide professionnel. Peut-être les deux. L'esprit embrumé, il pénétra dans le sas servant d'entrée et de sortie, là où se tenait le concierge. Quelle ne fut pas sa surprise d'y voir Gabin, paisiblement assis sur une chaise.

« Alors quoi, on ne peut plus te parler ? » demanda le comédien.

Ils échangèrent quelques mots, retournèrent sur le plateau et reprirent le travail. Gabin joua sa scène à la perfection…

Un peu plus tard, il eut l'occasion de manifester à nouveau sa mauvaise humeur, mais avec le sourire.

Pour plusieurs scènes de ce même film, l'intérieur de la cabine d'un camion avait été reconstitué en studio. Un passage prévoyait que l'engin devait traverser une très forte pluie. On procéda à des essais. La fausse cabine n'était pas étanche ! Les machinos essuyèrent et colmatèrent les brèches. Les autres essais furent à peine meilleurs. Néanmoins, on appela les acteurs. Pierre Mondy fut le premier à s'asseoir, côté passager. Quand Gabin posa à son tour son noble séant, on entendit un « splash » qui fit éclater de rire Mondy. Jean, le pantalon trempé, redescendit et fit comprendre qu'on avait intérêt à lui trouver fissa un vêtement sec et à arranger ce siège transformé en baquet. Ce qui fut fait. Et prit du temps… Retour de Gabin. Qui s'assit. « Splotch ». Bruit plus léger mais significatif. Gabin se retourna vers Mondy :

« Avec leurs conneries, ils vont finir par me faire pousser des champignons dans le faubourg ! »

Sur *Le Président*, toujours réalisé par Verneuil, Jean devait affronter un « tunnel », c'est-à-dire un long texte : celui, célèbre parce que magnifiquement écrit par Audiard, de la Chambre des députés. Sachant que tout serait tourné en une seule journée, sans coupure, Jean apprit religieusement ses nombreuses lignes, répétant chez lui avec son épouse.

Le jour dit, tout le monde était à son poste. À commencer par « le président du Conseil ». Se souvenant des difficultés de la scène de la cuisine dans *Des gens sans importance*, il redouta l'erreur mais s'en sortit à merveille. À cinq reprises, car, compte tenu de petits incidents techniques, il fallut rejouer la scène. À la fin de la journée, tout le monde était fourbu. Mais la magnifique tirade était dans la boîte et ce tunnel n'était plus qu'un mauvais souvenir pour Jean, qui l'avait traversé avec l'habileté que lui conférait son talent. Chacun s'en alla vaquer à ses occupations.

Le lendemain, Verneuil apprit que la pellicule avait été endommagée. Tout était à refaire ! Restait à en avertir monsieur Gabin. Le metteur en scène lui présenta le technicien qui, suite à une mauvaise manipulation, était responsable de cet échec. La colère du comédien fut homérique. Les trompettes de Jéricho. En pire. Elle aurait mérité d'être filmée pour passer à la postérité. Mais il eut beau vitupérer, morigéner, il savait que cela ne changeait rien à l'affaire. Sept prises supplémentaires furent nécessaires pour refilmer cette longue scène. Douze ! Douze fois qu'il l'avait traversé, ce foutu « tunnel » ! Gabin n'était pas prêt de l'oublier, cette harangue du président face aux députés !…

*

Pour se concentrer, avant une prise, Jean avait besoin de calme. Il n'était pas le seul : Lino, Bernard, Alain et beaucoup d'autres se trouvaient dans le même cas. Rassembler leurs forces avant la grande course, ne pas se laisser distraire. Des athlètes.

Tous étaient étonnés par le comportement de Jean-Paul Belmondo. Lui, tout au contraire, avait besoin de se dépenser, voire de s'échauffer. Un boxeur… Doté d'une énergie hors du commun, il pouvait, juste avant de tourner, plaisanter avec ses amis, disputer une partie de football, chahuter, préparer une blague… Bref, il refusait de rester inactif. Et quand il se présentait face aux caméras, il se sentait en pleine forme. Étonnamment, cette attitude ne précédait pas seulement les scènes d'action ou de comédie, mais aussi les plus dramatiques ou émouvantes. Sur le tournage de *Léon Morin, prêtre*, Jean-Pierre Melville ne comprit jamais comment ce type pouvait se préparer à jouer des scènes délicates et intimistes en allant taper dans un ballon en costume de curé !

Lors d'*Un singe en hiver*, Gabin manifesta des signes d'inquiétude. Pas au sujet du jeu de son partenaire, dont il comprit vite qu'il était infaillible, mais de son comportement hors tournage. Il conseilla à ce jeune chien fou de laisser sa puissante voiture de sport au garage et de profiter de la voiture avec chauffeur que la production avait mise à disposition de Gabin. Refus poli de l'intéressé. Même refus quand, quelques jours plus tard, Jean suggéra à Jean-Paul de se faire remplacer par un cascadeur pour la scène de corrida au milieu des voitures. Il était loin d'imaginer que, par la suite, Belmondo prendrait des risques encore plus insensés…

Comment se comportait Gabin ? Était-il ce roc à la verve facile que tant de gens craignaient ? Ce bougon aux coups de patte assassins ?

« On a souvent dit et écrit que c'était un ours et un râleur. C'est faux, expliqua Danielle Darrieux. Jean était un timide et un anxieux. La présence d'un étranger sur le plateau le perturbait énormément. Sa seule défense était de se replier sur lui-même. Cet aspect renfermé lui servait également à refouler les curieux, pour ne pas dire plus. Il aimait le calme, il avait besoin de calme pour travailler. Bien sûr, je l'ai entendu rouspéter, bien sûr je l'ai vu envoyer balader des gens, mais je crois qu'il avait chaque fois raison. Sur un plateau où tout le monde s'énerve, où tout le monde crie à propos de tout et de rien, il était le seul à rester toujours calme. Cela devait tout de même lui donner une vue plus juste des choses. »

Elle ne fut pas la seule à évoquer la timidité du monstre sacré. Parmi beaucoup d'autres, il y eut Jean-Claude Brialy :

« Quand Jean passait dans les couloirs, les gens qu'il croisait s'écartaient avec respect et déférence. Il impressionnait énormément, et moi le premier. Puis, au fur et à mesure, je me suis rendu compte à quel point il était timide, j'ai compris combien la réserve, la distance qu'il pouvait afficher étaient davantage de la peur, de la protection que du mépris et de l'orgueil. Plus qu'un lion, il me faisait penser à ces gros hippopotames qui ne demandent qu'à se baigner tranquillement dans les eaux, qui lèvent la tête pour respirer l'air, puis qui vont somnoler au loin. »

Annie Girardot évoqua sa participation au *Rouge est mis* en ces termes :

« On imagine ce que cela peut représenter pour une comédienne qui sort de l'œuf de se retrouver face à cette légende vivante. La puissance qu'il dégage, la force tranquille, la sérénité… il semble indéboulonnable. Au fil des jours, j'ai découvert sa prévenance et son attendrissante timidité. »

S'il pouvait se montrer cassant avec un de Funès, qu'il ne comprenait pas, il savait aussi se montrer prévenant avec de jeunes comédiens impressionnés par sa stature. Mireille Darc, à 26 ans et seulement quelques films à son actif, expliquait :

« Il faut lui dire les choses simplement. Chaque fois que j'avais une scène avec lui où j'avais du mal, j'allais vers lui et je lui demandais : "Qu'est-ce que vous pensez que je dois faire ?" Et, tout le temps, il s'est intéressé à mes problèmes. »

Micheline Presle, sa partenaire du *Baron de l'écluse*, remarquait :

« En dehors de l'acteur immense qu'il était, Gabin était un homme courtois et très souvent, entre les prises, son œil bleu pétillait d'humour. »

Et Michèle Morgan d'ajouter :

« Sa présence a quelque chose de rassurant, qui déborde le cadre professionnel. Je suis "contente" de travailler avec lui et je suis "heureuse" qu'il soit là. »

Lors des prises de vues de *Monsieur*, Jean-Paul Le Chanois organisa un travelling pour filmer Jean Gabin et Philippe Noiret. Mais le premier ne tarda pas à remarquer que, quoi qu'il fît, il se retrouvait toujours face à la caméra au détriment de son partenaire qui, pourtant, avait plus de texte. Le lendemain, il eut la confirmation de ses craintes en visionnant les rushes. Il demanda alors que la scène soit refaite selon le principe qu'il vaut mieux voir un acteur dire une réplique que son partenaire écouter celle-ci. Donc : plus de Noiret et moins de Gabin. Pour prouver qu'il ne s'agissait pas d'un caprice, Jean offrit à la production le cachet de la demi-journée de travail nécessaire à la nouvelle prise. Noiret ne l'oublia jamais...

Refusant le compliment de son partenaire, Gabin se justifia en ces termes :

« Quand on devient vedette, il faut apprendre à économiser la pellicule ! »

Un incident similaire survint sur le tournage du *Pacha* de Georges Lautner.

Gabin devait y abattre André Pousse, dit Dédé. Le commissaire faisait la peau au truand. Joss flinguait Quinquin.

Le réalisateur avait prévu un gros plan de l'agonisant rendant son dernier soupir aux pieds du revanchard qui venait de le revolvériser. D'un côté de l'écran le visage du mourant, de l'autre les chaussures et le bas du pantalon du flic. Inutile de déplacer la star qui, de plus, avait pris froid dans l'usine glacée servant de décor. Claude Vital, assistant réalisateur, enfila les chaussures et le pantalon du commissaire Joss. Impossible pour le spectateur de voir la différence. On se prépara, convaincu que Gabin se trouvait quelque part bien au chaud.

« Silence ! »… « Moteur ! »… « Action ! »

La caméra immortalisa ces instants pathétiques.

« Coupez ! »

L'ordre venait d'ailleurs. De l'autre extrémité de cet authentique décor. Lancé par une voix reconnaissable entre mille. Celle de Gabin. Furieux de ne pas avoir été convié à ces agapes cinématographiques. Lautner lui résuma la situation.

« Alors t'as filé mes pompes et mon calbard à ton guignol ! Quand c'est lui qui va donner la réplique à André, tu crois que Dédé va avoir le même regard que si c'était moi ? »

Sans cesser sa râlerie, il obligea Vital à lui rendre ses fringues et se plaça devant la caméra. Ainsi les chaussures que les spectateurs admireront à jamais à proximité du cadavre de Quinquin sont et resteront occupées par les pieds de Gabin !

*

Jean mettait un point d'honneur à soutenir ses partenaires autant qu'à bien les placer sous les *sunlights*. Marque de son professionnalisme, de son esprit d'équipe.

« C'était un grand professionnel, constata Annie Cordy. Même quand il n'était pas dans le champ de la caméra, il restait sur le plateau pour me donner la réplique. "Je veux que tu voies mon œil", qu'il me disait. »

Alain Delon poursuivit cette tradition. Bien des années après la mort de Jean, il continuait à donner la réplique derrière la caméra à ses partenaires d'*Astérix aux Jeux olympiques*, à leur grand étonnement.

« En mémoire de Gabin », expliquait-il dans un demi-sourire.

Lors du tournage de *L'Année sainte*, Jean partageait ses repas avec Jean-Claude Brialy. Calme et bonne humeur. Quand Danielle Darrieux, qui n'avait que quelques scènes, les rejoignit, Jean l'invita à sa table. Le premier jour, un assistant vint chercher la comédienne :

« Mademoiselle Darrieux, c'est à vous. »

Elle se leva. Au même moment, Jean, qui n'avait pourtant pas fini son assiette, posa ses couverts et se leva à son tour.

« Inutile, monsieur Gabin, nous avons juste besoin de mademoiselle Darrieux pour une courte scène.

– Quand mademoiselle Darrieux fait son premier jour et qu'elle entre sur le plateau, Jean Gabin est là. »

Il assista au tournage de cette effectivement courte scène…

*

Michèle Mercier, craintive et juvénile, fut l'une des nombreuses bénéficiaires du soutien de Jean :

« Solide et silencieux, taciturne et tassé dans sa grosse veste de velours, il planta ses yeux bleus dans les miens et se comporta avec une grande délicatesse. Je n'ai jamais oublié qu'il était toujours là sur le plateau, même quand il n'avait pas à tourner. Il se tenait debout hors du champ de la caméra et me donnait le regard pour les gros plans. Je n'avais encore jamais vu personne faire ça. Plus que l'adorer, je le respectais. »

Dany Carrel, de son côté, devait être giflée par Gabin. Discrètement, ce dernier prévint l'équipe technique pour que tout soit en place. Il n'y aurait qu'une seule prise, annonça-t-il. Pas question de recommencer. Pourquoi ? Parce qu'il gifla réellement sa partenaire, qui en eut une larme à l'œil. Tel était l'effet recherché…

Annie Girardot reçut aussi une gifle mémorable. Dans *Le Rouge est mis*.

« Effectivement, il doit m'asséner un aller-retour cuisant. […] Alors que je me prépare à un dévissement de cou spectaculaire, je reçois la claque la plus exquise du monde. Une caresse, une patte de velours de gros chat qui signifie : "Je t'aime, ma p'tite môme, tu croyais que j'allais te faire mal ?"… »

Quelques années auparavant, lors du tournage du légendaire *Quai des Brumes*, la juvénile Michèle Morgan subit les railleries amicales de son partenaire. Le scénario prévoyait que les deux personnages échangent un baiser. Or Michèle n'avait jamais embrassé personne devant une caméra. Son inquiétude grandit. Titillée par Gabin qui demandait à haute voix à son habilleuse :

« Crois-tu qu'elle saura ?

– Hélas ! J'ai bien peur que non…

– Bien sûr, à son âge, on ne peut pas savoir. Il va être complètement raté, ce baiser. Ce n'est pas comme dans mon dernier film… J'avais une partenaire… Une vraie championne… »

Le jour du tournage, l'inquiétude n'avait en rien diminué. Au contraire. Michèle décida de se jeter à l'eau. Vaille que vaille. Coûte que coûte.

« Et tous les assistants, comme tous ceux qui, plus tard, ont vu la scène à l'écran, ont pu constater que ce baiser – mon premier baiser de cinéma – emprunte à la vie beaucoup de son naturel ! Le premier à n'en pas revenir, c'était Jean Gabin lui-même. »

Marie-Josée Nat n'eut qu'à se louer du soutien apporté par son illustre partenaire. Gênée par un timbre de voix assez faible, elle se fit reprendre par l'ingénieur du son, qui la somma de parler plus fort. Jean intervint :

« Ce n'est pas à elle de parler plus fort, c'est à toi de t'arranger pour qu'on l'entende ! »

Sur *Le Chat*, il déplaça un cendrier en le claquant plus fort que prévu sur la table. L'ingénieur du son lui en fit la remarque :

« Vous ne pourriez pas faire moins de bruit ? »

Réponse définitive, assénée comme un coup de massue :

« Non ! »

En règle générale, Jean se montrait prévenant avec les jeunes acteurs. Dans *Rue des Prairies*, il se retrouva affublé de trois enfants joués par Claude Brasseur, Marie-Josée Nat et Roger Dumas. Le tournage débuta sans eux, car ils ne devaient intervenir qu'ultérieurement. Au bout de huit jours, Gabin fit part à Denys de La Patellière de ses desiderata :

« Tu sais, faudrait que les mômes viennent ici, sans cela ils vont avoir peur de moi. Ils pourraient venir déjeuner avec moi tous les jours, comme ça, on ferait connaissance. »

Ainsi fut fait. Les deux garçons et la jeune fille débarquèrent au studio dans l'unique but de mieux connaître le monstre sacré... qui ne demandait qu'à se laisser amadouer ! Jean les prit sous son aile et, l'habitude étant ancrée, refusa de déjeuner avec qui que ce soit d'autre.

Quand son imprésario, André Bernheim, pointa le bout de son nez, Jean le railla :

« Tiens, voilà mon mac ! »

Et ne dérogea pas à ses principes en ne partageant pas son repas avec lui.

*

Gabin savait affronter ses responsabilités. Pour *Le cave se rebiffe*, un contrat fut signé en faveur de Gabrielle Dorziat. À elle le soin d'incarner madame Pauline, celle qui « fourgue du papelard » aux faux-monnayeurs. Seulement Dorziat, excellente actrice, jouait dans un registre plutôt réservé. Pas une exubérante. Genre Comédie-Française.

Or, dans la coulisse, à force de revoir ses dialogues, Audiard fit de Pauline une personnalité haute en couleur et forte en gueule. Difficile de la confier à la trop respectable Dorziat. On lui préféra

Françoise Rosay, dont la voix grave allait enchanter le public.

Jean se chargea personnellement de l'affaire. Il convia Gabrielle, qu'il connaissait bien, de venir le rejoindre au studio. Il la fit asseoir à son côté sur un banc, à l'extérieur, et lui expliqua calmement la situation. Il s'en excusa mais savait l'actrice suffisamment au fait du métier pour accepter ce changement. La conversation prit un ton plus badin. Des amis en retrouvailles. Puis Jean demanda à son chauffeur de raccompagner la grande dame.

Pour la remercier, il la fit engager dans *Un singe en hiver*...

*

Jean râlait souvent sur un plateau, s'agrippant au moindre prétexte pour évacuer avec véhémence son stress, houspillant un technicien pour un bruit imaginaire, un autre pour un geste perturbateur. Toutefois, quand il sentait qu'il avait un peu trop haussé le ton, il tentait de le masquer derrière la plaisanterie.

« On ne savait jamais s'il plaisantait ou pas, souligne Georges Lautner. Et souvent, malheureusement, il ne plaisantait pas. »

Jean était un inquiet. Inquiet de mal faire son travail, inquiet de déplaire mais aussi inquiet de se retrouver sans emploi. Sa traversée du désert, au lendemain de la guerre, avait laissé des traces indélébiles. Depuis, il avait besoin de se sentir rassuré. Aussi chercha-t-il des contrats à l'américaine, c'est-à-dire portant sur plusieurs films successifs. Ce qu'il fit avec divers producteurs dont Jean-Paul Guibert, Jacques Bar, Maurice Jacquin… Cela lui assurait tranquillité d'esprit et rentrées d'argent régulières. Pas forcément le bon calcul. Au lendemain d'un gros succès au box-office, il aurait pu faire monter les enchères, alors que ses contrats précisaient ses salaires plusieurs années en avance…

Était-il le seul inquiet de la profession ? Assurément pas.

« Lino est un personnage anxieux, un angoissé, un perfectionniste, expliquait son proche ami José Giovanni. Il se pose beaucoup de questions, il est très proche de son public, il veut vraiment lui livrer le meilleur film possible. Il ne veut pas prendre les gens pour des imbéciles. Il est sérieux, très exact, très ponctuel et il se bagarre pour le film. Il croit à ce qu'il fait. »

Bernard Blier agréait :

« Un véritable acteur est perpétuellement inquiet, même s'il a cinq films devant lui. Ce n'est pas un métier que l'on peut faire à la légère. L'angoisse fait partie de la nature profonde d'un comédien. On joue la comédie pour sortir de sa peau. C'est l'angoisse qui fait naître le comédien. »

Quant à savoir si Gabin aimait son métier, la question ne se pose pratiquement plus. Il eut beau dire et répéter qu'être acteur l'ennuyait (euphémisme), affirmer qu'il était mieux chez lui que sur un plateau, tous ceux qui l'ont côtoyé, sans exception, témoignent de cette passion pour un art qu'il avait embrassé à l'âge de 24 ans et qu'il ne délaissa jamais – sauf circonstances exceptionnelles – jusqu'à sa mort.

Ressac

Tout commença un matin de janvier 1954. Hiver froid. Ambiance glaciale. Dans le numéro 31 des *Cahiers du cinéma*, un jeune critique répondant au nom de François Truffaut publia un long, très long texte qu'il qualifia ultérieurement d'«article très destructeur contre le cinéma ». En clair, il s'agissait d'un brûlot. Tendance règlement de comptes. On sort l'artillerie lourde et on tire à boulets rouges. Le Truffaut voulait blesser. Il y réussit.

Bien plus tard, il convint qu'il traversait alors une période d'humeur chatouilleuse : « J'étais très en colère à l'époque et trouvais difficile d'avoir de la mesure, de la retenue. J'étais excessif. » Quand on approche de ses 22 ans, on a le droit d'être en colère. On en a même le devoir. Ça dégage les sinus et ça éclaircit l'esprit. Et quand on dispose d'un support pour publier son ire, autant s'en servir. Étant ciné-phile, le galopin aux idées courtes défendit sa pas-sion : le septième art. Un art dévoyé, à ses yeux, par des margoulins, des jean-foutre, des profiteurs : « Il n'est pas exagéré de dire que les cent et quelque films réalisés chaque année racontent la même histoire : il s'agit toujours d'une victime, en général un cocu. »

Derrière son aigreur, Truffaut défendait une certaine politique d'auteurs considérant qu'un cinéaste digne de ce nom doit imposer sa « vision du monde » à travers ses films. Et qui sont ces glorieux ? « Il s'agit de Jean Renoir, Robert Bresson, Jean Cocteau, Jacques Becker, Abel Gance, Max Ophuls, Jacques Tati, Roger Leenhardt […] et il se trouve – curieuse coïncidence – que ce sont des auteurs qui écrivent leur dialogue et que quelques-uns inventent eux-mêmes les histoires qu'ils mettent en scène. » Bref, il n'est de vrais cinéastes que ceux qui prennent leur plume avant de regarder dans l'œilleton. Et les autres ? Au diable ! Truffaut reconnut ultérieurement que, parce que trop longue, sa diatribe fut réduite, laissant sous les coups de ciseaux « un certain nombre d'insultes contre René Clair, [René] Clément, [Jean] Delannoy ».

S'en prenant aux scénaristes qui dénaturent des romans célèbres au profit d'« entreprises commerciales », le critique prédit, ou espéra, la fin de ce qu'il dénommait avec morgue « la tradition de la qualité » : « Le cinéma français […] ne sera plus qu'un vaste enterrement qui pourra sortir du studio Billancourt pour entrer plus directement dans le cimetière, qui semble avoir été placé à côté tout exprès, pour aller plus vite du producteur au fossoyeur. »

Étrangement, cet article signé par un exigeant un peu naïf, qui croyait encore que l'on pouvait dresser des comparaisons entre un Jacques Tati et un Marcel Pagliero, fit l'effet d'une bombe. Au départ, seuls les scénaristes et les réalisateurs se sentirent visés, Truffaut ne citant que deux noms d'acteurs – (Bernard) Blier et (Henri) Vilbert – pour souligner qu'ils étaient abonnés aux rôles de cocus.

Ne lisant pas ce genre de publication, Jean Gabin ne se sentit pas trop concerné. D'autant que, dès son premier paragraphe, Truffaut se montrait louangeur : « *Quai des Brumes* reste le chef-d'œuvre de l'école dite du réalisme poétique. »

Tout allait bien ? Pas tant que ça : cet article marqua le point de départ d'une bataille rangée. Le brandissant comme un étendard, les jeunes loups des *Cahiers du cinéma* massacrèrent à feu nourri. Cible unique : cette fameuse « tradition de qualité française », que l'on surnomma bientôt « le cinéma de papa ».

« Ces films employaient quelqu'un de très célèbre pour les décors, un grand nom pour la musique et remportaient chaque année les plus grands succès commerciaux et critiques, et ceci au détriment des films d'auteurs, de films faits par des gens plus cultivés qui préféraient travailler sur un film qui n'était pas inspiré d'un roman célèbre, et qui travaillaient d'une façon plus personnelle, plus individuelle », expliquait Truffaut.

*

En prenant de l'ampleur, le mouvement finit par planter ses crocs dans l'ensemble de l'industrie cinématographique française et dans les réputations de ses représentants les plus emblématiques : les vedettes. Gabin ne tarda pas à devenir une proie de choix. Dès 1955, le toujours virulent Truffaut écrivit à la sortie de *Chiens perdus sans collier*, réalisé par Jean Delannoy :

« Il se produit pour Gabin ce qui se passe pour Pierre Fresnay depuis dix ans : il se met à jouer faux, et l'on découvre justement maintenant qu'il a du génie ; il cligne des yeux, hoche la tête et parle entre les dents, tout cela avec une certaine roublardise accentuée par celle, narrative, de Delannoy. »

Dressant un premier bilan de la Nouvelle Vague, le journaliste Jacques Siclier constatait :

« Cette surenchère continuelle à l'égard des grandes vedettes, que l'on s'arrachait à prix d'or parce qu'elles avaient la faveur du public, a accentué le malentendu de base. Un film construit autour de Fernandel, Pierre Fresnay, Jean Gabin, Gérard Philipe, Edwige Feuillère, Michèle Morgan, Martine Carol, Danielle Darrieux, Françoise Arnoul ou Brigitte Bardot n'avait d'autre but que de mettre en valeur, dans le rôle que définissait sa personnalité physique ou morale, l'acteur ou l'actrice considéré(e) que l'on dotait ainsi d'une personnalité cinématographique. On en aboutit à des films presque tous semblables où les acteurs viennent faire le numéro qu'on leur demande. »

Gabin, par ses succès grandissants, resta la meilleure tête de Turc car la plus en vue. Comment un acteur qui avait tourné avec Jean Renoir et Jacques Prévert pouvait-il se compromettre avec Gilles Grangier et Michel Audiard ? C'était en substance la question qui taraudait Truffaut et consorts. Dès 1956, lorsque apparut *Le Sang à la tête*, dû au trio maudit, le désespéré François – qui officiait désormais à *Arts*, plus rémunérateur – hurla sa douleur. Il s'en prit notamment au dialoguiste honni :

« Il abonde dans le sordide et multiplie les pires mots d'auteur qui sont la marque de son style ; voilà du sous-Jeanson, du Jeanson des mauvais jours ou de sous-préfecture. La vulgarité et une certaine bassesse de sentiment dominent ce film contre lequel un critique quelque peu indépendant doit lutter. »

Trois ans plus tard, *Retour de manivelle* ne trouva pas plus grâce à ses yeux :

« Les dialogues de Michel Audiard dépassent en vulgarité ce qu'on peut écrire de plus bas dans le genre. Ce n'est pas un dialogue naïf ou faussement littéraire, mais cynique et roublard. Il prouve de la part de Michel Audiard un mépris du cinéma, des personnages de films et du public en général. »

Ce godelureau n'aimait pas Audiard. Il détestait tout un pan du cinéma dans lequel la « bande à Gabin » s'ébrouait avec plaisir.

*

Tout cela ne fut que pétards en regard de l'explosion qui secoua les jeunes turcs à l'automne 1959. *Rue des Prairies*, signé Denys de La Patellière et dialogué par Audiard, montrait un Gabin prolétaire et veuf s'efforçant de régler ses problèmes avec une progéniture en mal d'émancipation. Voulant faire mode, les publicitaires eurent la mauvaise idée de publier dans la presse des pavés ainsi libellés : « Jean Gabin et la Nouvelle Vague » (terme injustement utilisé pour remplacer « nouvelle génération »).

Inexplicablement, Truffaut crut lire tout autre chose. Sa fertile imagination transforma le « et » en « contre ». Ce qui le mit en rogne. Il se fendit d'un article rageur. Huit ans plus tard, il n'en était toujours pas revenu :

« Le tournant, le passage de l'éloge au dénigrement a été marqué par le film *Rue des Prairies*, que la publicité présentait comme le film "anti-Nouvelle Vague" : "Jean Gabin règle son compte à la Nouvelle Vague." C'est là que la démagogie a commencé, que les journalistes qui avaient lancé le mouvement ont décidé de donner aux gens les clichés qu'ils avaient envie de lire et pas autre chose. Avant *Rue des Prairies*, quand on nous interviewait, [...] nous disions : "La Nouvelle Vague, ça n'existe pas, ça ne veut rien dire", mais après il a fallu changer, et j'ai depuis ce moment-là revendiqué mon appartenance à ce mouvement. Aujourd'hui en 1967, il faut être fier d'avoir été et d'être de la Nouvelle Vague comme d'avoir été juif pendant l'Occupation. »

Et le combat trouva du sang neuf du côté de la jeune critique et des jeunes spectateurs. Les Modernes contre les Anciens. Certains des premiers réclamant l'hallali. Rien de nouveau sous le soleil.

*

À force d'être attaqué, Michel Audiard finit par répliquer :

« Ah ! la révolte, voilà du neuf. Truffaut est passé par là. Charmant garçon. Un œil sur le manuel du petit "anar" et l'autre accroché sur la Centrale catholique, une main crispée vers l'avenir et l'autre masquant son nœud papillon. Monsieur Truffaut voudrait persuader les clients du Fouquet's qu'il est un terrible, un individu dangereux. Ça fait rigoler les connaisseurs mais ça impressionne le pauvre Éric Rohmer. Car, si autrefois les gens qui n'avaient rien à dire se réunissaient autour d'une théière, ils se réunissent aujourd'hui devant un écran. Truffaut applaudit Rohmer qui, la semaine précédente, applaudissait Pollet, lequel, la semaine prochaine, applaudira Godard ou Chabrol. Ces messieurs font ça en famille. […] Résultat pratique : l'année s'achève sur des succès de Delannoy, Grangier, Patellière, Verneuil, ces pelés, ces affreux, ces professionnels. Pouah ! Voilà où ils en sont arrivés, ou plutôt où ils en étaient. Car il serait incohérent de parler d'eux au présent. La Nouvelle Vague est morte. Et l'on s'aperçoit qu'elle était, au fond, beaucoup plus vague que nouvelle. »

Ailleurs, il écrivit :

« Le cinéma de papa faisait le plein, le cinéma de fiston fait le vide. On aurait dû se méfier : avec une appellation qui avait une petite consonance balnéaire, la Nouvelle Vague a envoyé des millions d'ex-spectateurs dans la nature. Et définitivement. Le jeune cinéma a fait en deux ans plus pour le développement de l'automobile et de l'hôtellerie que le Touring Club en un demi-siècle. »

Ailleurs encore :

« Submergés par leur propre clapotis, les nouveaux petits maîtres ont déjà de l'eau jusqu'au menton. »

*

Petit à petit, bien des thuriféraires de cette Nouvelle Vague posèrent le stylo pour empoigner la caméra. Beaucoup de jeunes cinéastes se réclamèrent du mouvement, ce qui créa la confusion. Dès 1961, le vétéran Marcel Carné constata :

« Je ne considère pas que ce phénomène soit nouveau ou même révolutionnaire. Toute époque a sa nouvelle vague. Quand Becker a fait son premier film, il représentait la nouvelle vague de l'époque. Il en est ainsi pour Renoir. Quand j'ai fait mon premier film, j'avais l'âge de Chabrol. Les jeunes réalisateurs actuels ne font que reprendre le flambeau. Chacun fait son boulot, le mieux possible. C'est tout. Ce sont les films qui prennent de l'âge et non ceux qui les font. »

Six ans plus tard, Truffaut, encore lui, se sentit obligé de remettre les pendules à l'heure :

« Si l'on ramène la Nouvelle Vague à ce qu'elle était à l'origine : faire un premier film de contenu assez personnel à moins de 35 ans, eh bien, elle a été d'une richesse formidable, elle a tenu toutes ses promesses, et elle a suscité des mouvements semblables dans tous les pays du monde. »

Ayant franchi le Rubicon qui sépare le spectateur de l'auteur, la Nouvelle Vague accumula les films. Et se garda bien d'engager des vedettes.

« Personnellement, écrivit Truffaut en 1959, je refuserai systématiquement de faire des films avec cinq vedettes : Fernandel, Michèle Morgan, Jean Gabin, Gérard Philipe et Pierre Fresnay. Ce sont des artistes trop dangereux qui décident du scénario ou le rectifient s'il ne leur plaît pas. Ils n'hésitent pas à imposer la distribution ou à refuser certains partenaires. Ils influencent la mise en scène, exigent des gros plans. Ils n'hésitent pas à sacrifier l'intérêt d'un film à ce qu'ils appellent leur standing et portent, selon moi, la responsabilité de nombreux échecs. »

Gabin, trop présent dans la liste noire de Truffaut, devint l'homme à abattre, la star à bannir. À ostraciser séance tenante. Et constamment il se retrouva, à son corps défendant, traîné dans la boue. Lino Ventura, à la célébrité grandissante, eut droit aux circonstances atténuantes pour avoir collaboré avec Jean-Pierre Melville et Claude Sautet. Pourtant, de cette jeune génération, il ne croisa que Claude Lelouch – et encore, ce ne fut qu'en 1972 – qui jamais, au grand jamais, ne voulut être assimilé au mouvement issu des *Cahiers du cinéma*. Il eut même une discussion houleuse avec Truffaut, au lendemain du succès mondial d'*Un homme et une femme*. Claude finit par dire à François :

« Nous venons de deux endroits différents, vous de la littérature, moi de la caméra. Vous vous servez du cinéma pour vendre les romans que vous aimez, et vous avez massacré tous mes mythes : Clément,

Clouzot, Duvivier, Gabin, Morgan, tous ceux qui m'ont formé. Avant que vous ne les détruisiez par vos écrits, ces gens avaient poussé très loin l'art de l'image, de la narration, du naturel. Si vous leur aviez laissé leur chance, ils auraient utilisé les nouvelles pellicules autant que vous. Leurs films avaient le mérite d'intéresser énormément les spectateurs. L'histoire du cinéma doit autant, et sans doute davantage, aux cinéastes populaires qu'aux avant-gardistes. »

Plus étonnant fut l'éloignement d'Alain Delon de ce mouvement cinématographique. Le fait d'avoir connu son premier succès avec René Clément (*Plein soleil*) le fit peut-être soupçonner de collaboration avec l'ennemi. Il dut attendre 1989 pour rencontrer Godard sur un plateau. Pour un film justement intitulé *Nouvelle Vague*… qui n'avait rien à voir avec le phénomène des années soixante ! En réalité, Delon et Godard faillirent œuvrer de concert en 1967 pour *Anticipation*, l'un des six sketchs du *Plus vieux métier du monde* ; mais Jacques Charrier fut finalement engagé.

Quant à Bernard Blier, il ne comprit jamais pourquoi Truffaut et ses amis ne firent jamais appel à ses services. Avait-il oublié que, pour François, il incarnait le cocu type ?

« En fait, déclara Blier en 1986, il y a très peu de gars de ce qu'on a appelé la Nouvelle Vague avec qui j'avais envie de tourner. Il y avait Truffaut, bien sûr… C'est moi qui l'ai introduit dans le cinéma. J'étais copain avec son père que j'avais connu en montagne, il était alpiniste… Un jour, il m'a dit :

"J'ai un môme qui fait des fugues, on ne sait pas quoi en faire… Il veut faire du cinéma… T'as pas une combine ?" À l'époque, je l'ai fait entrer à *Cinémonde*, mais je ne l'ai jamais vu. Après, bien sûr, mais pas à ce moment-là. Et, quand il a été critique, il n'a écrit que des vacheries sur moi ! »

Blier admit que, tardivement, Truffaut l'avait demandé pour un de ses films mais que, pris par un autre projet, il avait repoussé cette proposition. Douce vengeance ?

Bernard participa à de nombreux « premiers films », preuve qu'il n'avait rien contre les nouveaux talents : Jean Yanne, Pierre Richard, Yves Boisset, Robin Davis, Serge Moati, Gérard Krawczyk et d'autres lui sont redevables.

*

En 1961, Henri Verneuil eut l'idée, pas si saugrenue que cela, de placer le jeune Belmondo (28 printemps) face au déjà vétéran Gabin (57 automnes).

Cadre : un village normand perdu en bord de mer. Hors saison. Pas exotique pour deux sous. Quoique. Histoire : deux gars qui tombent en amitié et remontent le fleuve des souvenirs à grand renfort de boissons alcoolisées. Titre : *Un singe en hiver*.

Avant d'en arriver là, il fallut faire accepter le Jean-Paul au Jean. Pas forcément une mince affaire. Gabin n'était pas né de la dernière pluie. Le cinoche, ça faisait trente ans qu'il en croquait. Et il était admirablement renseigné : il savait tout sur tous. Belmondo, il connaissait. Comme tout le monde, ou presque, il l'avait vu émerger un an auparavant lors de l'explosion de la bombe *À bout de souffle*, l'un des films phares de la Nouvelle Vague ! Il n'avait pas vu le produit mais avait entendu parler du « phénomène ». Méfiance. Accepter Belmondo, c'était pactiser avec l'ennemi, faire entrer le loup dans la bergerie. Du moins, si l'on restait au niveau de l'imagerie d'Épinal.

Heureusement, Jean n'était pas un homme engoncé dans ses *a priori*. Les on-dit, il s'en cognait. Il voulait juger sur pièces. En bon maquignon, il exigeait de voir la bête avant de lâcher son verdict. Ce qui sauva Belmondo. Sa décontraction, son sens de l'humour, son amour du sport, son refus de tout intellectualisme firent le reste. Dans le cas contraire, Jean l'aurait renvoyé jouer au bac à sable à proximité de l'écume disparate de cette vague nouvelle. Sans appel.

Tout de même, au cours de l'une de leurs premières rencontres, Jean ne put s'empêcher de balancer une remarque à son pote :

« Tes petits copains de la Nouvelle Vague, c'est quand même des drôles de mariolles ! »

Tout était dit.

*

Ironie du sort : quelques années plus tard, Truffaut contacta Gabin pour tourner avec lui. Les surfeurs avaient besoin de papa. Le projet ne se concrétisa pas. Hélas.

Jean faillit également travailler avec Claude Lelouch qu'à tort il considérait comme membre à part entière de la Nouvelle Vague. Ils se rencontrèrent au restaurant, bien entendu. Le cinéaste oscarisé fit part de son intention de lui écrire un rôle de gigolo sur le retour qui, le cap des 70 ans franchi, doit reprendre du service pour éponger ses dettes. L'idée plut beaucoup au monstre sacré, même s'il regretta de ne pas connaître la fin de l'histoire.

« Au cours des mois qui suivent, témoigne Lelouch, Gabin me téléphone de temps en temps pour me proposer des idées de fin. Aucune ne nous convient réellement mais je constate avec plaisir que le projet lui tient toujours à cœur.

"Hier, au restaurant, me dit-il un jour en plaisantant, je me suis amusé à draguer une vieille pour voir. Eh ben, ça marche encore au poil !"

« J'enchaîne sur le même ton :

"Pourquoi n'essayez-vous pas avec une jeune ?

– Avec les jeunes, ça marche toujours, me répond-il du tac au tac. Les vieilles sont plus méfiantes." »

Au crépuscule de sa vie, alors que les derniers grains de sable de sa propre plage s'envolaient au gré du vent, Jean finit par rencontrer le seul acteur que la Nouvelle Vague transforma en vedette : Jean-Claude Brialy. Mais c'était en 1976, Truffaut, Chabrol et les autres étaient rentrés dans le rang et la rébellion n'était plus qu'un lointain souvenir…

Vilains rapporteurs

La plupart des gens de cinéma voient les journalistes comme un mal nécessaire. Plus mal que nécessaire, souvent. À dire vrai, ils aimeraient s'en passer ou, plus précisément, en user où, quand et comme bon leur semble. Voilà leur programme idéal : rencontrer la presse au moment de la promotion d'un film et ne parler que de celui-ci, si possible en termes élogieux. Fi des questions insidieuses et des sous-entendus fielleux. Ce qui revient, pour le comédien, à répéter inlassablement combien il a aimé son rôle, ses partenaires, l'ambiance de tournage, la nourriture, le climat, etc. Tout va bien dans le meilleur des mondes.

C'est assimiler le journaliste à un attaché de presse, oublier qu'il peut poser des questions – dont certaines peuvent être pertinentes, voire dérangeantes –, négliger qu'il puisse se forger sa propre opinion.

Pour un acteur, devoir se justifier est désagréable. Lire une mauvaise critique, douloureux. Il se sent mal compris, parfois mal aimé et en rejette la faute sur cette entité protéiforme regroupée sous le vocable « presse ». Un terme qui a pourtant le mérite d'être clair : parfois, le reporter se sent obligé de « presser » son interlocuteur pour en tirer une interview un tant soit peu vivante et des informations un poil inédites. Pas si facile.

Ces bases étant connues depuis la naissance du journalisme et, à tout le moins, depuis celle du cinéma, personne n'a envie de jouer le jeu. Car, à les écouter, ce n'est pas un jeu. Une confrontation ? Un combat ? Les gens de cinéma se méfient des journalistes qu'ils voient comme des colporteurs de ragots et les journalistes se méfient des gens de cinéma, qu'ils soupçonnent de mentir en permanence. Méfiance, méfiance.

Jean Gabin, Lino Ventura, Alain Delon, Jean-Paul Belmondo et consorts n'ont jamais renié cette défiance, voire, dans certains cas précis, un certain dégoût. Il faudrait, au moins, une thèse universitaire pour mesurer l'influence des médias sur leur popularité. Encore que personne ne la lirait et que tout le monde la contesterait.

*

Gabin était intimement convaincu que sa longévité en agaçait beaucoup. Surtout dans les rangs des journalistes.

« Je suis toujours là et ça les emmerde, disait-il. Ça emmerde les gens parce que leurs parents les ont toujours bassinés avec mes films ; ça emmerde les vieux parce qu'ils s'aigrissent et se disent : "On l'a fait, on va le défaire !"... »

Histoire de le dénigrer un peu plus, durant une trop longue période, bon nombre de journalistes soutinrent que Gabin exigeait une scène de colère dans chacun de ses films. Mieux : qu'elle figurait dans ses contrats. Pure invention.

« Une belle connerie, entre nous, souligna l'acteur ultérieurement. Y a rien de plus fatigant, alors je n'y tiens pas du tout, à tourner des scènes de colère, pas du tout… C'est les gars qui m'en cloquaient, des scènes de colère, c'était le sujet qui voulait ça, mais j'aime mieux tourner un petit truc peinard. Moins j'en fais, plus je suis content ! »

Pour leur défense, convenons que, parmi les centaines d'interviews que les membres de la « bande » accordèrent, certaines n'étaient pas piquées des hannetons. Car ils eurent parfois affaire à des spécimens. À placer sous globe. Pour les voir sans les entendre. À citer comme exemples à ne pas suivre dans les (bonnes) écoles de journalisme.

Dans les années soixante, Jean reçut un questionneur professionnel. Un de plus. Dès le début, il comprit que le quidam ne brillait ni par son intelligence ni par son érudition. Soit. L'interview suivit laborieusement son cours. Soudain, le trublion, frappé par la lumière, posa la question qui tue :

« Est-ce que vous avez fait du cinéma avant la guerre ? »

Gabin hésita entre le rire et la colère. Il préféra clore l'entrevue sur-le-champ. Le crétin s'en tirait à bon compte…

Belmondo, lui, accorda beaucoup d'interviews au moment de la promotion de *Kean* qui marquait sa rentrée au théâtre. Il eut droit à son lot d'inepties, dont l'une faillit le laisser sans voix. Voici l'échange :

« Avez-vous lu la pièce ?

– Oui, bien sûr. Il vaut mieux la lire, pour l'apprendre.

– Et l'avez-vous comprise ? »

À ces mots, l'acteur ne se sentit plus d'étonnement. Le journaliste faillit partir par la fenêtre. Il préféra l'escalier. Qu'il descendit quatre à quatre. Arrivé à son journal, il se plaignit à sa rédaction. Laquelle appela illico Belmondo pour s'excuser de cette bévue. Et de se justifier en expliquant que l'individu était un stagiaire qui, parce que débutant, avait probablement mal formulé sa question.

« Ah, parce qu'en plus vous m'envoyez un stagiaire ! » s'exclama Jean-Paul avant de raccrocher…

Dans un spectacle intitulé *Boulevard Feydeau*, Bernard Blier enchaînait deux pièces en un acte de l'illustre Georges. Bien que peu enclin à accueillir les reporters à bras ouverts, il accepta de faire un effort. Une demoiselle se présenta, bloc en main. Ils devisèrent. Les questions ne volaient pas bien haut et l'acteur s'efforça de relever le niveau. À la fin de l'entrevue, la journaliste referma son calepin, remercia son hôte et… demanda à rencontrer l'auteur des pièces ! Blier en resta médusé…

À l'aube du XXIᵉ siècle, Jean-Claude Brialy avait tous les honneurs : ses livres caracolaient en tête des ventes, son théâtre ne désemplissait pas, la télévision ne cessait de le réclamer, etc. Un journaliste eut la brillante idée de dresser un bilan avec lui. Tout y passa : pages, planches, lucarne… L'intervieweur patenté fut épaté par le brio de cette carrière très bien remplie. Pour finir en beauté, il ne put s'empêcher de demander :

« Mais pourquoi n'avez-vous jamais fait de cinéma ? »

Encore un qui aurait mieux fait de relire ses fiches.

Lino Ventura piqua une saine colère sous des cieux ensoleillés. Il accompagnait Brigitte Bardot et l'équipe de *Boulevard du Rhum* au Mexique où devaient être tournées plusieurs séquences. À peine descendues de l'avion, les deux vedettes durent subir une conférence de presse. Au beau milieu de celle-ci une journaliste demanda au comédien :

« Avez-vous déjà trompé votre femme ? »

Réponse d'un ton sec :

« Je suis venu ici pour parler de cinéma et non d'éventuelles coucheries. Votre question est parfaitement stupide. Je ne resterai pas une seconde de plus dans cette salle. »

Il se leva et quitta les lieux. Personne n'eut l'audace de s'interposer. Valait mieux pas…

« Je suis un peu braqué contre la presse, c'est vrai, avoua-t-il quelques années plus tard, mais j'ai été déçu, humilié même, par des journalistes. Ils m'ont fait dire des choses que je n'ai jamais dites. Je veux bien croire à la sacro-sainte liberté de la presse, mais je voudrais bien qu'on m'explique où commence et où finit ma liberté à moi ! »

*

Jean Gabin détestait les médias. Répondre aux questions de scribouillards, se pavaner devant des caméras, chercher ses mots devant un micro, tout ça ce n'était pas son truc. Assurer la promotion d'un film – le « service après-vente » comme disait Simone Signoret – encore moins. Quant à le faire participer à des « opérations publicitaires », il était chaudement recommandé de ne pas y songer. À moins de nourrir un penchant pour les engueulades, les coups de gueule et autres joyeusetés verbales.

L'attachée de presse du *Pacha* en fit les frais.

Convaincue de tenir l'idée qui allait provoquer la ruée des spectateurs dans les salles, elle s'en alla perturber le bougon en plein tournage. Au moment où celui-ci devisait vélo et boxe avec son partenaire André Pousse, expert en la matière.

« Jean, dit la demoiselle, j'ai une idée pour la promotion du film ! Nous pourrions aller à Deauville, dimanche, avec Dany Carrel ! On pourrait faire des photos ! Dany sur l'un de vos chevaux et vous le tenant par la bride ! »

Pas forcément génial mais assurément inédit. Et pour cause : Gabin avait toujours refusé de se prêter à ce genre de simagrées. Pourquoi ce jour-là en aurait-il été autrement ? Et pourquoi s'embarrasser de salamalecs pour dire son fait à cette péronnelle ?

« Les ouvriers de chez Renault, vous allez les faire chier chez eux les dimanches ? s'enquit Gabin de sa douce voix. Eh bien moi, c'est pareil ! Le dimanche, je suis chez moi et faut pas venir m'emmerder ! »

On ne l'emmerda pas.

Lino non plus n'aimait pas les séances photos « alambiquées » :

« On dit que j'ai un sale caractère parce que je refuse de poser dans mon bain de mousse chaque matin pour les photographes. Je ne suis pas Marilyn Monroe, bon sang ! Et ma vie privée me regarde. Je vous demande ce que ça peut faire aux gens de savoir que j'ai des enfants, que j'habite Saint-Cloud et que mon passe-temps favori consiste à jouer aux cartes avec des amis ! »

*

Gabin n'aimait pas beaucoup plus se retrouver sous les feux des projecteurs, hors plateau de cinéma. Aussi fuyait-il comme la peste les avant-premières et autres manifestations publiques. Plutôt que de se pavaner au milieu de la foule avec des flashs crépitant de tous côtés, il préférait rester chez lui, face à sa télévision, les bûches crépitant dans sa cheminée. Néanmoins, il consentit à faire une exception pour l'avant-première du *Clan des Siciliens*.

Pourtant elle avait tout contre elle, cette manifestation dite de prestige : d'abord elle devait se produire en présence d'un large public, et ensuite à Marseille ! Mais le film avait coûté cher et Jean accepta d'en assumer la promotion. D'autant que la manifestation était organisée au profit de l'association Perce-Neige si chère à Ventura.

Jean rejoignit la capitale phocéenne en train, solidement escorté par Lino et Henri Verneuil. Dès l'arrivée en gare Saint-Charles, ils furent cueillis par la presse ; caméras ronronnantes, projecteurs allumés, micros tendus. Afin de couper court à toute question, les trois amis improvisèrent un dialogue sur le climat. Car, ce soir-là, il pleuvait sur Marseille !

« Henri Verneuil s'évertue à nous dire qu'il ne pleut pas, expliqua Ventura en levant les yeux au ciel.

– Je n'ai pas dit qu'il ne pleut pas, j'ai dit qu'il fait beaucoup plus doux qu'à Paris.

– On verra demain, quand tu auras attrapé une double pneumonie !

– Mais il pleut ! souligna Gabin. Vous viendriez chez moi, vous me diriez : "Il pleut !", je vous répondrais : "Bien sûr qu'il pleut : c'est normal, c'est normand !" »

À un journaliste insistant qui tentait de s'immiscer dans la conversation, il demanda :

« À quelle heure croyez-vous qu'on va aller dîner, avec tout ce truc-là ? »

Ils n'échappèrent pas à une séance d'autographes.

Le lendemain, une voiture déposa le petit groupe, rejoint par Alain Delon, devant le cinéma Rex. Acteurs et réalisateur s'engouffrèrent dans la salle pour y présenter le film. Jean rechigna à monter sur scène mais finit par accepter. Après quelques phrases et une salve d'applaudissements, il redescendit, impatient de quitter les lieux… et d'aller dîner. Derrière lui, Henri Verneuil lui rendit un vibrant hommage public :

« Je suis très fier d'avoir fait un bout de chemin dans ma vie avec toi ! »

Il continua sur sa lancée. Galvanisés, les spectateurs se levèrent comme un seul homme pour acclamer le monstre sacré. Les plus hardis se précipitèrent sur Gabin, le soulevèrent littéralement du sol et le portèrent en triomphe jusque sur la scène. Au grand soulagement de l'acteur.

« J'ai cru qu'ils allaient me buter », confia-t-il à Verneuil.

*

Celui qui souffrit le plus de la pression des médias fut, sans aucun doute, Alain Delon. Tout particulièrement au moment de l'affaire Markovic.

Rappel des faits : le 1er octobre 1968, le cadavre d'un ressortissant yougoslave est découvert dans la décharge publique d'Élancourt, non loin de Paris. L'homme s'appelle Markovic et a travaillé pour Alain Delon, qui l'a même hébergé. On enquête dans l'entourage de l'acteur, on l'interroge à plusieurs reprises.

Les journalistes se ruèrent sur cette énigme policière où s'entremêlaient le sordide, la politique et le show-business. Chacune des convocations d'Alain Delon chez le juge d'instruction de Versailles se transformait en ruée médiatique. Plus de caméras et d'appareils photo sur les marches du palais de justice que sur celles du palais des Festivals à Cannes. Et cela dura de longs mois.

L'acteur eut beau répéter : « Je ne me sens ni nerveux, ni crispé, ni fatigué, comme la presse a l'habitude de l'annoncer », il était traqué. Au point que, lorsqu'il tourna la scène d'évasion d'un fourgon cellulaire pour *Le Clan des Siciliens*, il craignit que les photos le montrant menottes aux poignets ne fussent détournées à d'autres fins.

On n'identifia jamais l'assassin de Markovic. Mais on finit par relâcher la pression sur Delon.

Si ces messieurs durent se contraindre à accepter la présence et les écrits de journaleux, ils se montrèrent nettement plus vigilants et virulents à l'encontre des biographes. Quelle idée étrange que de vouloir consacrer un livre à leur vie ! se disaient-ils. Admettre que des plumitifs dégoisent dans des canards à plus ou moins gros tirage, à la rigueur ; mais que des pseudo-historiens se penchent sur leur passé, ah non ! Pas question ! Ressortir des histoires oubliées ? Sous-entendre que leurs parcours professionnels n'étaient pas jalonnés que de chefs-d'œuvre ? Lever des lièvres bien tapis dans leur repaire ? Non ! Quand on leur parlait de biographie, les réactions étaient souvent vives et les avocats prompts à dégainer le droit au respect de la vie privée, le droit à l'image et autres contre-feux. Article 9 du code civil désigné pour mener la marche. Tout le monde prêt à « faire opposition par tous moyens légaux », selon une formule rapidement adoptée.

Sur ce plan, Jean Gabin n'eut pas trop à s'en faire car il ne fut l'objet d'aucune biographie d'importance de son vivant. La mode n'avait pas encore sonné.

Lino Ventura repoussa tout d'abord l'idée d'une biographie avec véhémence. « Je ne désire pas, pour des raisons qui me sont personnelles, une biographie me concernant », écrivit-il. Vu l'insistance du trublion, il finit par mettre de l'eau dans son chianti. Mais demanda à lire le manuscrit – et ses versions successives – avant de rencontrer l'auteur. Il finit par accepter un face-à-face. Trop tard, hélas.

Comparativement, Belmondo se révéla nettement plus conciliant, acceptant de participer à l'élaboration d'un projet de biographie. S'y amusant, même. Certains faits avérés lui rappelèrent que la mémoire joue parfois des tours facétieux. Au final, il ne proposa que deux modifications mineures et salua le travail de l'auteur. Au point de l'adouber, en petit comité, « biographe officiel ». Qualificatif que le noircisseur de pages perdit mystérieusement plusieurs années plus tard quand un avocat, pourtant excessivement tatillon, laissa passer une flopée d'autres biographies sur Jean-Paul.

De son côté Alain Delon refusa catégoriquement l'idée que quiconque publiât un livre sur sa vie, son œuvre. La formule utilisée par ses proches était « veto formel », que la star pouvait asséner à tout moment. Cela lui permit de contrecarrer plusieurs tentatives. Jusqu'au jour où son opposition à la parution d'une biographie fit grand bruit. Il obtint gain de cause à l'issue d'un procès mais perdit en appel au nom de la liberté d'expression de l'écrivain. Le livre naquit contre son gré. Beaucoup de bruit pour rien.

Respect de la vie privée, droit à l'image, liberté d'expression… autant de termes juridiques qui cachent mal le vide profond séparant deux mondes incapables de cohabiter. Les acteurs sont, et seront toujours, extrêmement chatouilleux dès qu'il s'agit de biographies. Pourtant, rares sont les livres qui cachent des attaques fielleuses ; et aucun n'a jamais modifié l'image de la star auprès du public. Dans les méandres du septième art les épidermes sont moins coriaces que sur les boulevards de la politique.

*

Leur méfiance générale envers les médias explique-t-elle pourquoi les membres de la « bande » évitèrent avec un soin suspect d'incarner des journalistes ? Jean Gabin n'en joua aucun. Belmondo non plus, même s'il interpréta un patron de presse. Delon encore moins. Lino Ventura n'y consentit que pour *La Septième Cible*, son avant-dernier film, et encore, il interprétait un « grand reporter » spécialisé dans les affaires politiques. Seul Blier, pas rancunier, campa à plusieurs reprises un journaliste. Mais quel emploi n'a-t-il pas tenu au cinéma ?

Oui, étonnant quand on sait le nombre d'enquêtes menées, sur grand écran, par des journalistes de fiction.

Et pourtant…

L'avaient-ils oublié, ces gaillards à la mémoire infaillible ? Ne le savaient-ils plus, qu'ils nourrissaient en leur sein un (ancien) représentant de la secte maudite ? Car avant de devenir le brillant dialoguiste que l'on sait, il avait fait quoi, Audiard ? Du journalisme ! Oui, madame. Et critique de cinéma, en plus ! Une véritable engeance.

Bon, d'accord, il s'y était montré d'une telle mauvaise foi que personne n'avait osé prendre ses textes au sérieux. Quand un monsieur écrit au sujet d'un film américain : « Il faut signaler une scène de tout premier ordre : celle au cours de laquelle l'ennemi défigure un garçon de café. La photo du demi de bière est hallucinante », il ne peut pas être tout à fait mauvais. Les lecteurs avaient fini par s'attacher plus à la formule qu'à l'analyse. Néanmoins, Audiard ne rompit jamais totalement ses attaches. Ne fût-ce qu'avec la journaliste France Roche, avec qui il écrivit plusieurs scénarios. De quoi le bannir de la « bande », l'ostraciser séance tenante. Mais non. Michel avait écrit tellement de drôleries avec un tel aplomb durant son court passage dans le journalisme qu'il fut pardonné.

Comme quoi, dans les deux camps, on trouve du bon et du mauvais. Ou « à boire et à manger », comme préférait dire Gabin.

TROISIÈME PARTIE
Que reste-t-il de nos amis ?

Transmission de flambeau

Parce que supposé assis sur un trône planté au faîte du cinéma français, Gabin s'est vu octroyer des dauphins, des successeurs, voire des remplaçants et, plus rarement, des copieurs.

Le premier ainsi désigné par une presse avide de comparaisons faciles fut Ventura. Le fait que les deux hommes aient été à l'affiche de *Touchez pas au grisbi* – démarrage pour l'un et redémarrage pour l'autre – y est sûrement pour quelque chose.

Dès qu'il commença à voler de ses propres ailes, Lino fut comparé à son aîné et ami. Avec une insistance qui frisait l'outrecuidance, quand elle ne sombrait pas dans le ridicule. À chacune de ses apparitions, les critiques parlaient de lui comme « le nouveau Gabin » ou regrettaient qu'il « gabinise ».

Quelques exemples entre cent :

« Par sa sobriété et sa puissance, son jeu n'est pas sans rappeler à certains moments celui de Jean Gabin » (Jean de Baroncelli, dans *Le Monde*, à propos du *Fauve est lâché*).

« Il faut surtout détacher Lino Ventura, dont la présence fait penser au Gabin des films de mauvais garçons » (Georges Marescaux, dans *L'Humanité*, à propos de *Douze heures d'horloge*).

« Son numéro dans le registre de Gabin se révèle exemplaire » (Gilbert Salachas, dans *Télérama*, à propos du *Bateau d'Émile*).

« Lino Ventura serait bon s'il "gabinisait" un peu moins » (Jean de Baroncelli, dans *Le Monde*, à propos des *Tontons flingueurs*).

Le vase était prêt à déborder et, au printemps 1959, Ventura se sentit dans l'obligation de faire le point. Pas dans la figure, mais presque :

« Je commence à être excédé par cette histoire ! Je joue peut-être des rôles semblables à ceux que Gabin incarnait autrefois mais la ressemblance s'arrête là. Nous sommes bien différents et loin de moi la pensée de l'imiter. D'ailleurs personne n'est capable de remplacer ce grand bonhomme… »

Et d'ajouter :

« Remarquez, c'est très flatteur qu'on me compare à Gabin ! »

Une analyse superficielle eût pu conclure que les deux amis se ressemblaient *via* des rôles similaires. Meilleur observateur, José Giovanni nota certaines disparités entre les deux comédiens :

« Même si Ventura a été à l'école de Gabin, la différence entre les deux est énorme. Tu mets Gabin dos à la caméra parlant à des prostituées : tu as l'impression qu'il vient relever les compteurs. Tu mets Lino dans la même situation : tu as l'impression qu'il évangélise les filles pour qu'elles quittent ce boulot ! »

Dès qu'il vit les essais de Lino pour *Touchez pas*

au grisbi, Jean comprit que ce gars-là naviguait dans une autre sphère : une véritable « bête de cinéma ».

« La présence au cinéma, ça ne s'explique pas, souligna-t-il. Vous pouvez avoir des gens qui ont énormément de talent mais qui, hélas, n'ont ni la présence ni la personnalité. Comme on dit : faut être touché des dieux pour avoir ça. Et ça ne s'apprend pas. »

Propos partagés par Bernard Blier :

« Le talent, on en a ou on n'en a pas. Il n'est pas nécessaire de voir les gens sur une scène ou sur un écran pour s'en rendre compte. J'ai rencontré Philippe Noiret dans la rue, Michel Serrault chez des amis et Emmanuelle Riva dans une salle, j'ai tout de suite vu qu'ils étaient de grands comédiens, ça crevait les yeux. »

*

Quand Jean-Paul Belmondo tourna avec Gabin, on cria bien haut qu'il était « le nouveau Gabin ». Idée largement reprise par Henri Verneuil :

« Dans *Un singe en hiver*, nous avons à un moment donné ce face-à-face de nuit devant cette pension de famille où se trouve la fille de Belmondo. Ils sont saouls tous les deux et Gabin dit :

"Viens, je t'embrasse, t'es mes 20 ans !"

« Eh bien, Gabin a toujours pensé cela. Combien de fois il m'a dit :

"Maintenant vous ne me direz plus : 'Il nous faudrait un Gabin d'il y a trente ans', il est là !"

« Gabin a adopté Jean-Paul. Il l'a senti. »

Interrogé, Jean-Paul répondit alors :

« Quand on me compare à Bogart ou à Gabin, ça ne peut que me faire plaisir parce que ce sont deux très grands acteurs. »

Certes, mais quand Delon joua *Mélodie en sous-sol* avec Jean, il se vit à son tour qualifié d'héritier de Gabin. Cela commençait à faire beaucoup.

Alain voua un véritable culte à Gabin. Il le considérait presque comme un père cinématographique et mit tout en œuvre pour lui être agréable. Et Jean de le surnommer, fort logiquement « le Môme ». Michel Audiard préférait dire « le Guépard », allusion à l'un de ses films les plus célèbres, bien sûr, mais aussi à sa façon de marcher et, d'une manière générale, de se comporter dans la vie.

Sur le tournage de *Mélodie*, Delon déclara sans fausse modestie :

« Pour un jeune acteur comme moi, c'est inespéré de donner la réplique à Gabin. Il m'a appris énormément, surtout sur la conscience professionnelle. C'est un monsieur qui ne se permet jamais d'arriver en retard et, quoi qu'il arrive, il est toujours là à l'heure et ne part jamais avant l'heure. »

Alain partagea avec Jean un sens du professionnalisme qui se manifestait jusque dans les détails les plus inattendus. En 2008, il en fit une nouvelle démonstration. Discrètement.

Lyon. Quelques jours avant sa sortie officielle, *Astérix aux Jeux olympiques* fut présenté aux « grandes plumes » de la presse de province. Lieux : un hôtel en bord de fleuve et, sur l'autre rive, un nouveau complexe cinématographique qui ouvrait ses portes pour l'occasion. Alain arriva de Paris. En avance.

Alors que tout le monde le croyait dans sa chambre, il s'éclipsa et demanda à visiter la pièce où devait se dérouler la conférence de presse, mais aussi la salle où serait projeté le film ainsi que le hall d'entrée du cinéma. Le propriétaire du cinéma eut un choc en voyant débarquer Delon seul en plein après-midi ! L'acteur voulait repérer les lieux avant de les fouler de son pas assuré face aux journalistes et au public.

Plus tard, il n'émit qu'une exigence : que tout le monde – c'est-à-dire réalisateur, producteur et acteurs participant à la promotion (au total une douzaine de personnes) – soit à l'heure ! Il n'y eut pas une seconde de retard dans le planning, pourtant chargé, de cette journée.

*

Le producteur Delon ne fut pas peu fier d'engager Gabin aux côtés de l'acteur Delon dans *Deux hommes dans la ville*.

« Si j'ai produit ce film, c'est d'abord pour donner un très grand rôle à Gabin, expliqua-t-il, lui donner un rôle différent, le sortir un peu de ses rôles habituels de vieux papa bougon. Et, pour moi, produire un Gabin, c'est un rêve d'enfant. »

Cette relation, qui se situe entre l'amitié et la piété filiale, ne diminua pas d'un iota avec les années. Alain fut présent lors de la dispersion des cendres de

Gabin au-dessus de l'Atlantique. Ventura et Brialy étaient retenus à l'étranger.

« On parlait le même langage et on était sur la même longueur d'ondes, conclut Delon. Quand on n'était pas sur la même longueur d'ondes que lui, effectivement, ça posait des problèmes. Il y avait une telle admiration de ma part, un tel respect professionnel et une telle considération à son égard que les choses se passaient très bien. Il aurait pu avoir un jeune frère spirituel, Lino Ventura, et deux fils, Jean-Paul et moi. »

Deux fils très différents comme le confirmèrent leurs carrières pas si semblables que ça, et comme le résuma Alain avec une formule lapidaire :

« Je reviens toujours à cette image : deux trains lancés à pleine vitesse, dans l'un Belmondo passe la tête, tout le monde rit, dans l'autre, je passe la tête, personne ne rit… »

Les deux « fils » de Gabin furent-ils des frères ennemis ? Delon contre Belmondo ? Chacun réclamant sa part d'héritage tout en étant prêt à flinguer l'autre ? Jamais. Au grand dam des semeurs de troubles qui trouvèrent plus simple de les opposer. Car, en dépit d'un différend professionnel lors de la sortie de *Borsalino*, il n'y eut aucune discorde. Rien qu'une admiration mutuelle. Non feinte.

« Nous sommes de la même famille d'acteurs et c'est de naissance, analyse Jean-Paul. J'ai fait des écoles, Alain n'en a pas fait et, à l'arrivée, nous sommes de la même famille. Ce n'est pas parce que j'ai fait le Conservatoire que ça m'a changé ou que ça m'a apporté quelque chose de plus qu'Alain.

Dans *Kean*, mon personnage disait : "On est acteur comme on est prince : de naissance." Je crois que c'est le cas d'Alain et de moi. Alain est un acteur-né qui a appris le métier par des voies différentes des voies classiques. Mais il a travaillé. Je crois qu'il faut le souligner parce qu'on ne peut pas faire ce métier sans avoir travaillé. Faut travailler beaucoup ! C'est pour ça qu'on est de la même famille. »

Patrice Leconte, qui les dirigea conjointement dans *Une chance sur deux*, constata :

« Tout au long de [leurs] riches carrières, on les a comparés, mesurés, opposés. Pour de bonnes ou de mauvaises raisons, comme les spectateurs d'un combat de boxe comptent les points et prédisent un fléchissement de l'un ou de l'autre champion. Mais, entre ces deux-là, le KO est impossible et le combat trop égal pour qu'il y ait un vainqueur et un vaincu. »

Rejetons cinématographiques de Gabin, l'un turbulent, l'autre assidu, ils reconnurent le rôle du « patriarche » sur leurs parcours sans jamais s'en inspirer. Accepter le père mais ne pas chercher à l'imiter.

Les premiers films que Jean tourna presque coup sur coup avec l'un puis avec l'autre, contiennent en filigrane des éléments en forme de prédiction. Dans les dernières minutes d'*Un singe en hiver*, Belmondo prend le train, laissant Gabin seul sur son banc. On sent que les deux hommes ne se reverront plus, ils ont été au bout de leur délire, ils ont désormais leur propre vie à mener, à assumer. De fait, les deux acteurs ne travaillèrent plus jamais ensemble. Par contre, la fin de *Mélodie en sous-sol* montre Gabin et Delon contemplant, chacun de leur côté, le butin de leur hold-up partir non en fumée mais en liquide. Leur association ne se solde pourtant pas par un échec puisqu'ils ont réussi haut la main leur méfait. Il paraît évident que ces deux-là se retrouveront… Jean et Alain tourneront deux autres films ensemble.

C'est enfoncer des portes ouvertes que de dire qu'à chaque fois que les fils se sont retrouvés face au père, cela donna naissance à des interprétations impeccables, sans fausse note et avec de magistrales envolées. Ces expériences étayent à cent pour cent la théorie du « joueur de tennis » qui veut que l'on soit meilleur face à un champion. Dans un tournoi de grand chelem, Jean Gabin aurait fait une belle tête de série.

*

Le cinéaste Bertrand Blier repéra des similitudes évidentes entre « le Vieux » et « le Môme ».

« Je ne connaissais pas Alain Delon et ça faisait des années que j'entendais parler de lui, que je me renseignais sur lui. À l'idée de le diriger dans un film, je me disais : "Ouh la la ! Ça va être très, très, très dur… Il va falloir que j'aie un couteau et deux revolvers dans chaque poche ; que je me tape un container de tranquillisants pour tenir le coup !" Et puis, finalement, je crois bien que c'est l'acteur le plus agréable à diriger que j'aie jamais eu devant la caméra. C'est un phénomène de disponibilité, de professionnalisme et d'intelligence de ce métier. Je n'ai vu ça auparavant que chez Gabin, que j'ai eu la chance de connaître du temps où j'étais assistant. Gabin, il fallait se le faire aussi ! Ce n'était pas un petit monument ! Quand il arrivait sur le plateau, tout le monde rasait les murs ! Et il connaissait fantastiquement bien son métier. Delon est pareil. Quand on le fait attendre une heure pour régler un plan, il ne se dit pas, comme Coluche : "Mais qu'est-ce qu'ils foutent ces branleurs ?", il se dit : "Bon, ils sont en train de chiader un plan." Il sait ce que c'est, il l'a vu faire par d'autres réalisateurs, ça ne l'étonne pas. Et, en fait, il est extrêmement discipliné. »

*

Bien plus tard, ce fut au tour de Gérard Depardieu de recevoir le label de dauphin. Il est vrai que le patriarche l'avait pris sous sa coupe dès leur première rencontre sur le tournage du *Tueur*, en 1971, et insistait auprès des producteurs pour qu'on lui offre un petit rôle. Ainsi se retrouva-t-il au générique de trois films de Gabin.

Bernard Blier avait repéré le talent du jeune homme au théâtre, où il fut son partenaire, et cherché à lui donner un coup de pouce. Il le fit dès *Le Cri du cormoran le soir au-dessus des jonques*, réalisé par Audiard. Lequel dit oui tout de suite mais se heurta à l'opposition d'un membre du staff de la production.

« Qu'est-ce que c'est que ce con que vous avez amené ? Il ne fera jamais rien... »

On passa outre la prédiction de cette pythie et Gérard fit le film.

Puis, Bernard casa Gérard auprès de Jean pour *Le Tueur*. De petit rôle en petit rôle, sans le vouloir, le jeune comédien se retrouva au centre d'une rivalité amicale entre Jean et Bernard, car l'un reprochait à l'autre de lui avoir « piqué » Depardieu pour un film sans l'en avertir.

« Tu peux dire quand tu prends le môme, merde ! » faisait mine de s'emporter Gabin.

*

Bien entendu, personne ne reprit le sceptre – si sceptre il y eut – laissé par Gabin. Il était évidemment irremplaçable, comme le furent et le sont ses pseudo-dauphins. Chaque acteur est unique. La Palice n'eût pas dit mieux. Si Michel Creton fut, un temps, qualifié de « nouveau Belmondo » et Marc Porel de « nouveau Delon », ce ne furent que formules passe-partout pour pallier un manque d'analyses et une carence de la part des portraitistes.

Pourtant, il est un rôle qui traça une sorte de fil rouge entre certains membres de la « bande » et, surtout, entre les générations : Jean Valjean. Le héros tragique par excellence, l'un des personnages les plus populaires de la littérature française avec d'Artagnan, Arsène Lupin et Edmond Dantès.

En 1957, Gabin imposa sa stature dans une superproduction qui connut un succès considérable et dont le principal défaut, aux yeux de Jean, fut d'être tournée en Allemagne de l'Est. De quoi l'inquiéter.

Il craignit notamment de ne pas trouver à Berlin-Est les bons petits restaurants qu'il affectionnait tant. Pour le rassurer, on le logea dans une grande maison où officia une cuisinière française. Cela calma un peu son courroux.

« Notre ami Gabin, à l'idée de partir de l'autre côté du rideau de fer, a fait une musique de tous les diables contre les producteurs, rapporta le réalisateur Jean-Paul Le Chanois. Ils lui ont expliqué que cela permettait de faire un film beaucoup plus beau : on aurait des moyens de production considérables, des décors merveilleux. Il a fini par accepter, mais dans les pires conditions de mauvaise humeur. Il a commencé par se tromper de train : il est resté douze heures à Hanovre dans un wagon dont il ne voulait pas descendre tandis que nous l'attendions à Berlin sans savoir ce qu'il était devenu. »

Gabin imprégna tellement le rôle qu'il parut impossible de lui succéder. D'où l'hésitation de Lino Ventura quand, vingt-quatre ans plus tard, Robert Hossein lui dévoila sa vision du chef-d'œuvre de Victor Hugo. Hésitation d'autant plus grande que Lino détestait les films à costumes et encore plus les maquillages. Le propos authentiquement humaniste d'Hossein finit par l'emporter… et par entraîner l'acteur dans une longue et difficile aventure.

« Ce film fut pour Lino l'un des tournages les plus difficiles de sa carrière, affirma Hossein. Tout y est passé : le froid, la boue, les accidents. Je l'ai vu grelotter dans l'eau froide des égouts. Mais il est resté droit dans ces épreuves. Une seule fois il a laissé échapper : "Bon sang que l'eau est froide !" Et ce fut tout. Il passa, dans sa redingote trempée, une matinée entière dans cette eau. »

Tout était dit ? Non. En 1994, Claude Lelouch offrit à Belmondo un Jean Valjean intégré dans une grande fresque d'abord intitulée *Les Misérables du XXe siècle* avant de rejoindre le titre imaginé par Victor Hugo. Distribution prestigieuse mais le film dérouta en raison de l'intrusion d'une autre histoire, celle de la famille Ziman persécutée durant l'Occupation. Belmondo endossa néanmoins la redingote de Valjean avec conviction et, pour la deuxième fois de sa carrière, pleura à l'écran. Il fut un Jean Valjean différent mais non moins magistral.

Le fil rouge se prolongea du côté de la télévision. Cinq ans plus tard, Gérard Depardieu le saisit à pleines mains pour une espèce de saga au budget impressionnant réalisée par Josée Dayan. L'acteur entra dans le rôle avec respect, ne cherchant ni à le phagocyter ni à brader l'héritage laissé par ses aînés, ce que la critique apprécia. Gros succès mais, cette fois, le public n'eut pas à se déplacer puisque Valjean, Javert, Fantine et les Thénardier s'invitèrent directement chez lui. Dix millions de téléspectateurs.

Gabin – Ventura – Belmondo – Depardieu. Comment souder une chaîne plus étonnante ? Les exégètes s'interrogeront sur le fait que ce soit un personnage de la trempe de Valjean qui les unisse de façon si directe. Mais il est plus simple de constater que ce colosse de légende imaginé par Hugo est un vrai héros populaire – dans le sens le plus noble du

terme –, ce qu'ont cherché à être – et sont devenus –
les membres de la « bande à Gabin ».

« Je me suis aperçu, en vieillissant, que tous les
gens de grand talent avec lesquels j'ai travaillé
avaient la même chose en commun : une certaine
hygiène artistique faite de pudeur, de pureté et de
goût du travail. En un mot : la passion du spectacle. »

Telle est la conclusion de Bernard Blier.

À propos de Gabin :

*L'acteur le plus fragile et le plus solide
en même temps.
Sobre comme le vin rouge,
simple comme la tache de sang
et parfois gai comme le petit vin blanc.*

Jacques Prévert

Bibliographie

Journaux et magazines

Arts du 9 novembre 1955, du 29 avril 1959
L'Aurore du 17 mars 1965
Les Cahiers du cinéma de janvier 1954
Cinéma 61 de mars 1961
Cinématographe de septembre-octobre 1984
Ciné Regards de décembre 1956
Ciné Revue du 28 novembre 1977
Combat du 24 août 1973
La Dernière Heure du 31 janvier 1970
Le Figaro du 7 mars 1990
Le Figaro littéraire du 5 décembre 1963, du 19 mars
   1970
France Soir du 10 novembre 1965
L'Illustré du 19 décembre 1989
Madame Figaro du 2 septembre 1989
Le Nouvel Observateur du 7 octobre 2004
Paris Jour du 8 janvier 1971
Paris Presse du 7 mai 1964
Playboy de novembre 1977

Première de mars 1984, de juillet 1986
La Tribune de Genève du 28 mai 1959

Livres

Françoise Arnoul : *Animal doué de bonheur*, Belfond, 1994

Philippe Barbier : *Jean Gabin*, Éd. Pac, 1983

Brigitte Bardot : *Initiales B.B.*, Grasset, 1996

Jean-Michel Betti : *Salut, Gabin !*, Éd. de Trévise. 1977

Annette Blier : *Bernard Blier*, Solar, 1989

Pierre Brasseur : *Ma vie en vrac*, Calmann-Lévy, 1972

Jean-Claude Brialy : *Le Ruisseau des singes*, Robert Laffont, 2000

André Brunelin : *Gabin*, Robert Laffont, 1987

Jean Carmet : *Je suis le badaud de moi-même*, Plon, 1999

Jean-François Carmet : *Carmet intime*, le cherche midi, 2004

Dany Carrel : *L'Annamite*, Robert Laffont, 1991

Raymond Castans : *Fernandel m'a raconté*, Éd. La Table Ronde, 1976

Annie Cordy : *Nini la chance*, Belfond, 1998

Darry Cowl : *Mémoires d'un canaillou*, Éd. N° 1, 2005

Danielle Darrieux : *Souvenirs*, Ramsay, 1995

Mireille Darc : *Tant que battra mon cœur*, XO Éd., 2004

Jean Delannoy : *Aux yeux du souvenir*, Les Belles Lettres, 1998

Patrick et Olivier de Funès : *Louis de Funès : Ne parlez pas trop de moi, les enfants !*, le cherche midi, 2005

Gérard Depardieu : *Vivant !*, Plon, 2004

Jacques Deray : *J'ai connu une belle époque*, Christian Pirot, 2003

Paulette Dubost : *C'est court la vie*, Flammarion, 1992

Philippe Durant : *Belmondo*, Robert Laffont, 1993

Philippe Durant : *La Boxe au cinéma*, Éd. Carnot, 2004

Philippe Durant : *Michel Audiard*, le cherche midi, 2005

Philippe Durant : *Lino Ventura*, Favre, 1987

Franck Fernandel : *Fernandel de pères en fils*, Taillandier, 1991

Charles Ford : *Le Petit Monde de Robert Dalban*, Éd. France-Empire, 1988

Claude Gauteur et André Bernard : *Gabin*, Éd. Pac, 1976

Daniel Gélin : *À bâtons rompus*, Éd. du Rocher, 2000

José Giovanni : *Mes grandes gueules*, Fayard, 2002

Annie Girardot : *Partir, revenir*, le cherche midi, 2003

Gilles Grangier : *Flash-Back*, Presses de la Cité, 1977

François Guérif : *Passé la Loire, c'est l'aventure*, Terrain Vague-Losfeld, 1989

Robert Hossein : *La Nostalgie*, Michel Lafon, 2001

Brigitte Kernel : *Louis de Funès*, Éd. Jacques Grancher, 1987

Charly Koubesserian : *Ma vie sans maquillage*, Zélie, 1994

Jean-Paul Le Chanois : *Le Temps des cerises*, Actes Sud, 1986

Patrice Leconte : *Je suis un imposteur*, Flammarion, 2000

Claude Lelouch : *Itinéraire d'un enfant très gâté*, Robert Laffont, 2000

Jacques Lorcey : *Fernandel*, Éd. Pac, 1981

Pierre Louis : *Mes bonnes fréquentations*, Éd. France-Empire, 1983

Dominique Maillet : *Philippe Noiret*, Éd. Henry Veyrier, 1989

Michèle Mercier : *Je ne suis pas angélique*, Denöel, 2002

Florence Moncorgé-Gabin : *Quitte à avoir un père, autant qu'il s'appelle Gabin...*, le cherche midi, 2003

Michèle Morgan : *Mes yeux ont vu*, UGE, 1965

Michèle Morgan : *Avec ces yeux-là*, Robert Laffont, 1977

Marie-Josée Nat : *Je n'ai pas oublié...*, Plon, 2006

Philippe Noiret : *Mémoire cavalière*, Robert Laffont, 2007

André Pousse et Laurent Chollet : *J'balance pas, j'raconte*, Le Pré aux clercs, 2005

Micheline Presle : *L'arrière-mémoire*, Flammarion, 1994

Philippe Renard : *Un cinéaste des années 50, Jean-Paul Le Chanois*, Dreamland, 2000

Jacques Siclier : *Nouvelle Vague ?*, Éd. du Cerf, 1961

Clelia Ventura : *Lino Ventura, une leçon de vie*, Éd. du Marque-Pages, 2004

Odette Ventura : *Lino*, Robert Laffont, 1992

Télévision

« À la rencontre de Fernandel », ORTF, 27 février 1973
« Bibliothèque de poche » du 12 août 1969

« Cinéma pour rire » du 21 avril 1975

« Cinépanorama » du 21 février 1959, du 12 juin 1959

« Cinq colonnes à la une » du 3 février 1961

« Les Coulisses de l'exploit » du 22 octobre 1969

« Le Dernier des Cinq » du 28 octobre 1973

« Les Dossiers de l'écran » du 14 avril 1981

« France Actualités » du 19 décembre 1969

« Le Grand Échiquier » du 31 mai 1979

« Grand Écran » du 28 avril 1964

Journal A 2 du 15 novembre 1979

« Le Journal du Tour » du 8 juillet 1991

JT du 29 juillet 1962, du 14 septembre 1963, du 20 avril 1964, du 10 septembre 1964, du 6 septembre 1965

« Midi 2 » du 7 mars 1987

« Page Cinéma » du 29 mars 1963

« Portrait de Gérard Oury » du 13 octobre 1980

« Pour le cinéma » du 6 février 1972

« Samedi soir » du 17 novembre 1973

« Sports Dimanche » du 27 septembre 1998

« Le Théâtre de Bouvard » du 4 février 1983

Remerciements

L'auteur tient à exprimer sa plus profonde grati-
tude à tous ceux qu'il a eu le privilège de côtoyer
au cours de sa (déjà) longue carrière. Les disparus
comme les vivants.

Merci à Annie, Françoise, Henri, Jacques, Jean,
André, Lino et Alain, Charly, Jean-Paul, Francis,
Bruno... et tous les autres.

Ce livre est avant tout une manière de leur rendre
hommage.

Table

Introduction 11

PREMIÈRE PARTIE
Fidèles aux potes

La grande famille 21
L'ami Fernand 39
Les mains sur la table 53
Rencontres au sommet 73
Singeries byzantines 87
Va y avoir du sport 105
Ars gratia artis 123
Tu quoque, mi fili 133

DEUXIÈME PARTIE
Sur un plateau

Au turbin 147
Être acteur 167

Ressac 201
Vilains rapporteurs 215

TROISIÈME PARTIE
Que reste-t-il de nos amis ?

Transmission de flambeau 231

Bibliographie 247
Remerciements. 253

RÉALISATION : IGS-CHARENTE-PHOTOGRAVURE À L'ISLE-D'ESPAGNAC

Cet ouvrage a été imprimé en France par
CPI Bussière
à Saint-Amand-Montrond (Cher)
en janvier 2011.
N° d'édition : 104079. - N° d'impression : 110021.
Dépôt légal : février 2011.